プリンセスクライシス
著 assault
画 雨音颯 / 桐沢しんじ / oekakizuki
瀬之本久史 / 斎藤なつき / Jambread
原作 Triangle
ぷちぱら文庫

セレスティア・ワーズワース
魔弓フェイルノートを操る、妖精族の国・フォレスタル一の姫。小柄だが自信家気質で、負けん気が強い。
リリアンヌ・ロワイエ
魔剣ダインスレイブを操る、人間の国・アルザス一の姫。思慮深いが、大義ある戦いを躊躇わない高潔な性格。
エリーゼ・ハインツェル
魔槌ミョルニルを操る、小人族の国・クラインシュミット一の姫。鷹揚で常に身体を動かしていたいタイプ。

PRINCESS CRISIS
プリンセス・クライシス

CONTENTS

パウラ
魔王が創り出した人型生命体。ベルナールの部下となるが、飄々とした性格と毒舌で彼を困惑させる。
フィオレ・デ・サンクティス
魔槍グングニルを操る、獣人の国・トリエステーの姫。やや内向的で弱気だが、仲間を守る意識は強い。

プロローグ　中年の迎える人生の転機について

俺は今、ダンジョン内で巨乳の女に襲われていた。ただでさえ露出の多い衣装の胸をはだけさせ、俺の股間に覆い被さっている。いきり立った俺の肉棒を豊満な乳房が挟み、亀頭は彼女の口の中へと飲み込まれていた。

「ちゅむっ、ちゅっ、れるっ、じゅぼっ、じゅるるっ……困惑されているようですね。説明が必要ですか？」

「ぐっ、できれば……」

「しなくてもよいのであれば、省略します」

「省略するな！　むしろ説明しろ！　それくらい空気読め！」

「ベルナール様の言葉の意味は理解に苦しみますが、説明が必要とあらば説明致しましょう。ベルナール様にパウラめが奉仕させていただいているところです。存分に快楽を貪っていただければと」

「な、なるほど……。って、なんだそりゃぁぁぁぁ！　なんの説明にもなってないぞ！」

「ベルナール様は口で言っても分からないお方なのですね。では実力行使しかありません。

はむっ、れるっ、じゅるっ、じゅるるるっ！」

　パウラは再び俺の亀頭を食み、舌を絡みつかせながら吸い上げてくる。ねっとりした舌の温かさと舐め上げる快感は人生で味わったことのない心地よさで、わけの分からないまま射精しそうだった。俺がこんなにも翻弄されながら快楽と状況に飲まれているのに、俺をこんなふうにした当の本人は表情をまるで変えることなく冷淡に俺のペニスをしゃぶっている。それが余計に俺の混乱を助長していた。

「れるっ、れろっ、んっ……ちゅっ、ちゅぷっ、ちゅっ……そう力を入れずとも問題ありません。快楽に身を委ね、思う存分感じて下さい」

「そんなこと言われても、んくっ！　こっちはこういうの初めてなんだっ……勝手に身体に力が入るんだよ！」

　思わず声を荒げてしまうものの、パウラは意に介さないのか無表情に俺の亀頭を舐め回す。弾力のある胸で挟まれ扱き上げられると、またイキそうになった。こんな快感、今まで味わったことがない。これが女の身体なのか？

「快感を覚えることに年齢は関係ありません。いくら目尻の皺や腹の脂肪が気になり始める年頃でも、感じてよいのです」

「ぐっ……ひと言余計なんじゃないのか。んっ、くっ、うぅぅうっ！」

　パウラの言葉は萎えるものばかりだが、それ以上に彼女の胸と舌から引きずり出される

快感にうめき声を漏らしてしまう。すべすべの肌で竿を擦り上げられる快感は、このまま精気を吸われるんじゃないかと思うくらい心地いい。だめだ、このまま持っていかれる！

「うっ、ぐぅっ、ダメだっ、出るっ、うぁぁぁぁぁぁぁぁぁっ！」

ごぷっ、びゅるるるっ！

股間にもうひとつ心臓ができたかのように脈動し、彼女の口内へと精を吐き出す。パウラはそれに驚くことなくペニスを飲み込んだままで、それどころか喉を鳴らして精液を飲み干していった。

「はぁっ、はぁっ、はぁっ……う、くぅぅ……っ」

パウラは口からチンポを吐き出すと、口からこぼれた精液を飲み干し、無表情のまま飲み込んで俺を見つめる。なんだか俺が粗相をして責められているようで、射精の愉悦に浸りきれずいたたまれない気分になった。それにしても、どうしてこんなことになったんだ……？

◆

遙か昔、大陸で覇権争いをしている魔族達の支配に嫌気がさし、人々はローレンシアという島に逃げ込んだ。魔族のいない島で人々は繁栄したものの、魔族ひとりの襲来により平和は崩壊した。人々は窮地に陥ったが、四つの種族と結界魔導士の活躍により島の中心に封印された。そして、封印を簡単に解かれないようダンジョンを作り、島に再び平和が訪れた。そして数百年が経ち——

「はぁっ……今日もツイてないな」

装備を検め、俺は例のダンジョン『ツヴィンガ』に赴いていた。昨日、島に大きな地震が起き、封印に影響が出ていないか確認するように言われたからだ。俺は魔王の封印にひと役買った結界魔導士の子孫で、ツヴィンガの管理を任されている。と言っても数百年も平和が続いていると、仕事も閑職と化してしまう。管理の仕事は半分以上建前になり、今ではしがない学園で歴史の講義をする教授という役職についていた。やりがいのある仕事でもないが、人生これで安泰ならまあいいか……と思っていた矢先に昨日の地震だった。

ツヴィンガには魔族の放つ放つ魔力『魔素』が充満していて、これを大量に吸うと体調が悪くなり、人によっては死に至ってしまう。代々、結界魔導士の家系は魔素への耐性が高い。それもあってツヴィンガの確認に来させられていた。

ツヴィンガ内部は半透明の部屋が立体的に浮いている作りになっていて、それぞれの部屋が階段で繋がっている。複雑に分岐した迷宮の奥、中心部には下の層へと続くゲートがある。ツヴィンガは三階層のダンジョンになっていて、それぞれの階層で外周から中心部のゲートを通らないといけない。とても面倒な作りになっているのは外部からの侵入者を防ぐと同時に、魔王の魔素の影響で発生する魔物が外に出てこないようにするための対策だ。俺は魔物に察知されない魔法で戦闘を回避しながら中心部に近づいていた。

「これは……あまり良くない感じだな」

以前よりも魔素がだいぶ濃くなっていて、封印が弱くなっているのは容易に想像できる。

とりあえずアカデミーに戻って理事会に報告し、その後の対応を待つとしよう……。

「なるほど、主が結界魔導士の末裔ということか」

「っ⁉」

俺は咄嗟に壁際へと駆け寄り、壁を背にして息を殺す。魔物の足音や気配はないが、今の声は幻覚ではないと俺の本能が警鐘を鳴らしていた。

「そう警戒するでない、人間よ。当面は主に危害を加えるつもりはない」

また、頭の中に声が響く。近いようで遠く、前から聞こえるようにも後ろから聞こえるような気もする。魔物が人間と会話できること自体が希だが、ツヴィンガでこんな芸当ができる存在に、残念ながら心当たりがあった。

「そう慌てるでない。なにせ、こうして声を届けるのがせいぜいなのでな」

「この声……お前は魔王、ってことでいいのか？」

「うむ。永き眠りより先程目覚めたばかりじゃ。暇をしていたところに主がこの結界内に入ってきたのでな、声をかけたというわけじゃ」

随分と気さくに話しかけてくるじゃないか。これが罠の可能性もあるが、少なくともここに棲み着く魔物が俺を騙す理由がない。魔素も濃くなっていることを考えると、この声の主が魔王と考えておそらく間違いない。

「俺の人生、長いようで短かったな……。どうせ殺すなら、痛くないよう一瞬でやってくれ」

「くっ、くくくっ、くはははっ！　お主、人生諦めておるな！　勘違いするな、お主をひとり殺したところで余にはなんの得にもならん。おそらく、お主は先程の地揺れで魔王の封印が解けていないか確認しに来たのであろう？　その者が帰ってこないとなると、本格的な戦力が投入されることになる。余としては、それでは半分しか望みが満たされぬのじゃ」

「半分？　戦力を投入されたいと思ってるってことなのか？」

思わず、魔王の言葉に質問を投げかけてしまう。自分の命が握られている状況なのに、のんきに話をしていることに不思議な感覚を覚えた。

「左様。お主達の主戦力となれば、あの四英雄の末裔であろう？　奴らには余の前に来てもらわねばならぬ。復活には、ヴィオーレが必要じゃ」

ヴィオーレ——魔王を封じたとき、に奪った魔王の身体の一部を各種族が持ち帰り、武器に作り替えた魔道具だ。魔王の魔力を利用したヴィオーレは魔族に高い威力を発揮し、同時に魔王の力を削ぐ力もある。魔王が復活するには、己の体が必須だ。

封印を解く方法を知っているというのは、嘘じゃないらしい。俺は黙って魔王の言葉に耳を傾ける。

「人は弱く、小さく、そして声が大きく態度も大きい。敵わぬ相手にも逃げることなく立ち向かい踏みつぶされていく様は、正直鬱陶《うっとう》しいと思うこともあった。じゃが、人は余を封印した。つまり、人は余よりも強かったということじゃ」

うん？　なにか話がおかしな方向に向かっていないか？　魔王が封印されたことで反省した？　そんなことを聞かされた俺は、一体どういう顔をすればいいんだ……。

「余は強い者を好む。正直、以前の余は人を舐めくさっておった。そこは反省しよう。人はひとりでは弱いことを自覚し、協力してより強大な力を行使する。今まで誰かとともに戦うなどしたことのない余には、新鮮なことじゃった。そこで、余もあの力を欲した。そこにお前がこの封印の地に現れたというわけじゃ」

「つまり……俺に人を裏切って魔王の仲間になれ、と？」

「そのとおりじゃ。お主が余の復活の手助けをするというのであれば、褒美は望みのままじゃ。魔王の名にかけて、可能なことは全て叶えてやろう。女が欲しい、金が欲しい、力が欲しい等、いろいろあるであろう？」

「女、金、力ね……。今まで縁がないまま数十年過ごしてきたからな。いい歳してそんなものをもらっても、手に余りそうなんだよな。というわけで、交渉は決裂だな。それじゃ帰ってもいいか？」

「待て待て！　お主、欲がなさすぎじゃろ！　もう少しこう……欲望というものはないのか？」

「ないと言ったら嘘になるが、気力が持たないというのが正直なところだな。どんなにすごい武器を手に入れても、それを持てる筋力や技術がないと宝の持ち腐れだろ？」

「むむ……交渉を持ちかけた奴を間違えたか。いや、お主、気力が足りない……と言っておったな？　ならば、若返ればその気力も戻ってくると思うのじゃが？」

「は？　若返る？　そんなことができるのか？」

「そのくらいたやすいこと……と言いたいところじゃが、さすがに今の魔力で恒久的な若さを与えてやるのはかなり難しい」

「なんだ、やっぱり無理なんじゃないか。魔王と言っても大したことないんだな」

「あっ、お主！　今余を侮ったな？　よかろう、ならば余の言葉が嘘ではないことを見せてやろう」

威厳もなにもなく騒ぎ立てた魔王がそう言うと、目の前で景色がぐにゃりと歪んだ。中空の一点を中心に渦を巻きながら歪んだ光景は時間を巻き戻すように元に戻っていく。歪みが元に戻ると同時に、俺の目の前に女が立っていた。薄く青みがかった髪はゆるくウェーブがかかり、肩の辺りまで伸びている。妖しく輝く赤黒い瞳が、目の前にいる存在が魔族だという認識を引き起こす。豊満な乳房は申し訳程度の黒い衣装に身を包まれ、ミニスカートには左右にスリットが入っていて、太ももが丸見えだった。

「な……魔王、なのか？」

「そやつは余ではない。余の魔力で作りし人型生命体、パウラじゃ」

「パウラです。以後お見知りおきを」

「……どうも。ベルナール・デュランです」

表情を変えずに目を閉じるだけで挨拶したパウラに、俺も思わず挨拶を返してしまう。よく分からなくなってきた状況に、自分の命の危機であることを忘れそうになっていた。

「お主、ベルナールという名前であったか。そういえば、名前を聞いておらなんだな。まあいい……パウラよ、ベルナールに魔力を与えてやれ」

「かしこまりました。ベルナール様、お覚悟を」

「え……覚悟?」

というわけで、突然襲ってきたパウラに押し倒されて何をされるのかと思いきや、チンポを取り出し胸を挟まれてフェラで抜かれてしまった。そうだ、魔力を与えるというのはなんだったんだ？

「この程度ですか……。ですが、まだチンポは元気なようですね。では続きといきましょう」

パウラは身体を起こすと身を寄せ俺の上に跨がってきた。彼女がミニスカートをたくし上げると、俺は思わずそこから目を離せなくなった。

「パウラが褒めているというのに、反応が鈍いですね。何か他に気になることでもありましたか？」

「いや……お前、いつの間にパンツを脱いだんだ？」

「最初から穿いていませんが」

「はぁ⁉　いや、普通穿くだろ！」

思わず突っ込んでしまったものの、初めて見る生身の女性の股間から目が離せない。手を伸ばせば触れられそうな距離にある生のマンコに、心臓が高鳴ってうるさい。

「そうですか、かしこまりました。ですが、今は手持ちがありませんので堪えていただければと。では手早く済ませてしまいましょう」

「済ませるって、今度は何をする気だ？」

なんとなく予想はできているものの、それを具体的に言葉にするだけの余力がない。その予想が間違っていたときの恥ずかしさを考えると、余計にそれを口に出すのは躊躇《ためら》われた。

「既に理解されているものかと思っていましたが。とぼけられるのであればそれでも構いません。ではいきます」

パウラは腰を上げて俺を冷淡な目で見下ろすと、一気に俺の上へと落ちてくる。瞬間、俺の全身に電撃が走った。

「うぁぁぁぁぁぁぁぁぁっ⁉」

思わず全身を痙攣《けいれん》させ、のけぞって悲鳴を上げる。ちりちりとまだ頭の中が焼けている感じがするものの、本当に電撃を喰らったわけじゃなかった。

「まだ半分ほど飲み込んだだけです。間違って舌を噛まないようお気をつけ下さい」

「ま、待て、ちょっとだけ待……うぁぁぁぁぁぁぁっ！」

再び股間から脳天へと突き抜ける衝撃が迸《ほとばし》った。さっきのフェラで受けた強烈な快感をさらにひと回り強くしたかのような衝動に、俺は悲鳴を上げずにはいられなかった。

「はぁっ、はぁっ、はぁっ……なんだ、これは……」

「もう射精してしまったようですね。ですが、この程度ではまだ満足できないはずです。このまま続けましょう」

「待て、人の話を聞け！　うぁっ、あっ、あっ、ひぃぃぃぃぃっ！」

パウラが腰を持ち上げペニスを引き抜くと、魂までも吸い上げられてしまうかのような快感に襲われる。パウラが落ちてくると、肉棒が根元まで飲み込まれ、膣襞にすっぽり包まれて激悦が脳裏を焼く。

「この反応、やはり童貞でしたか。先程のフェラで予想はしていましたが、今の反応で確信いたしました」

「悪かったな……」

俺のチンポは間違いなく、パウラのマンコに飲み込まれている。彼女は俺に深く腰を落としているだけなのに、中で膣襞が蠢《うごめ》いて竿を舐め上げ、絶え間なく心地よさが広がってくる。女の膣内というのは、こんなにも気持ちいいものだったのか。世の中の恋人がいる輩達を今更ながら恨みたくなってきた。

「それにしても……。童貞を失ったのに案外、感激とかないんだな」

「そうでございますか。パウラの処女を奪っておきながら、何の感想もないとは少々切なく思います」

「え……お前処女だったのか⁉」

「何かご不満でも？」

「いや……それは、なんというかすまない」

あまりにも積極的な奴だから、経験豊富なものだと勝手に思い込んでいた。犯されているのは俺だとはしても、彼女の初めてを奪ってしまったことに罪悪感を覚えてしまう。

「ちょっと待て、どうして俺が罪悪感を覚えないといけないんだ？　俺は犯されてるんだぞ？」

「罪悪感？　パウラめが感じていただきたいのは、肉欲ですが」

相変わらず話が噛みあわない……。まあ、今のは俺の独り言なのだから、噛みあわなくても仕方ない。とはいえ、こいつの感性は独特すぎて混乱させられてばかりだ。それでも、下半身は欲望に素直らしく、パウラの肉壺が引きずりだしてくれる肉欲を余すことなく俺の脳に伝えてくる。

「ベルナール様のチンポも、パウラのマンコがきつくて最高だと申しております。素直に受け取ってはいかがですか?」

「いやそこまで言ってないだろ！　んぐっ、んぁっ、うぁぁぁぁっ！」

俺の反論を遮《さえぎ》るかのように、パウラが喋っている途中で腰を持ち上げる。俺も釣られて腰を上げそうになるものの、身体が硬直して床から離れない。まるで、マンコでチンポをしゃぶられているかのようだ。それも下手をすると口よりも熱くて、唾液よりもねっとりした愛液をたっぷり塗りつけられながら。

「ベルナール様はお口が悪いようですが、反応は素直ですね。この逞しい下半身のように、素直になればよろしいのではないかと」

「そんな素直になれるほど……んぐっ、人生まともに過ごしてきてないんだよ……んぐっ、んぁっ、あぁぁぁっ！」

「なるほど、それはご苦労様でした。ですが、ここで心機一転していただければと」

パウラの言葉には萎えさせられるものの、それ以上に肉棒に与えられる快感が強すぎて、あまりの温度差に頭がおかしくなりそうだ。理性を刺激されながら肉欲を引きずり出されているようで、いつまでも意識を失うことなく溺れさせられている感覚だ。パウラはさらに身体を倒し、俺に胸を近づけてくる。膨らんだ乳首は美味しそうで、さらに俺の肉欲を煽った。さらに抽送の角度が変わったのか、強く擦れるようになってまた射精感が高まっていく。

「はっ……これは失礼しました。男性ともあろうものがこのふくよかな乳房を見て欲情しておきながら、見ているだけで我慢させるなど……」

パウラはため息をつくと、俺の手を取り自分の乳房に押し当てた。今まで触れたことのあるクッションよりも遥かに柔らかく、それでいて弾力のある温かい肉の感触が手から伝わってくる。こ、これが女のおっぱいなのか？

「うぉ……こんなに柔らかいのか。それに、熱い……おぉぉ……」

俺が少し力を入れただけで柔軟に形を変え、指の間から乳肉がこぼれそうになる。乳房の重さがしっかりと手に伝わってくると、それだけで興奮が高まった。

「チンポがまたパウラの中で跳ねていますね。気に入っていただけたようでなによりです」

「あ、あぁぁ……うん、気に入った……」

不思議と、俺は素直に感想を口にしていた。強引な奉仕やセックスには抵抗感を覚えておいたのに、胸を揉むことにはそれほど抵抗感がない。抵抗感が薄いのは、自分の意思で

胸を揉んでその快感を味わっているからだろうか。身体から力が抜けたせいか、さらに肉壺から引きずり出される快感が強く流れ込んできた。

「遠慮することなく存分にパウラめを味わって下さいませ。んっ……そうです、もっと存分に快楽を貪って下さい」

絶え間なく押し寄せてくる強い肉悦に、次第に頭の中が痺れてくる。柔らかい乳を揉んでいると、それだけで息子がいきり立ってパウラの中で苦しげに暴れ出す。膣襞はそれをあやすように包み込んではまとわりついてきて、腰が浮くたびに射精感が高まっていく。

「んくっ、んっ、んぅぅっ！　女って、こんなに気持ちいいものなのか」

「そうでございます。女の身体は男の性欲を満たすために存在しているのです」

彼女の言葉が自然と心の内に染みこんでくる。乳房も、瞳も、マンコも、手も、声も、全てが俺を悦ばせるために存在しているのではないか……そんな感覚になってきた。

「ようやく理解していただけたようですね。ではそろそろ快楽の頂点へと向かうとしましょう」

パウラの抽送がさらに加速し、早く深くチンポを飲み込んでいく。強い快感が俺を押し上げるように何度も流れ込んできて、吐く息が熱く荒くなる。早く射精してしまいたい気持ちと、もっとこの快感を味わいという気持ちがぶつかりあい、今までとは違う葛藤に悶えた。

「遠慮はいりません。いつでも好きなときに、パウラの中へと欲望を吐き出して下さいませ」

パウラの膣が急にきつさを増し、その絞り上げだけでまたイキそうになる。俺は必死に歯を食いしばって耐えるが、そこから扱き上げられて意識が飛びそうになった。

「ぐっ、うぅぅっ！　これ以上は……無理だ……うぁ、あぁぁぁぁぁっ！」

びゅるっ、びゅるるるるっ！

どくんと下半身が大きく脈打ったかと思うと、頭の中が真っ白になった。パウラの中へと射精する感覚があまりに心地よく、開放感に包まれる。

「まだ、まだ出るっ！」

「今まで我慢なさってきた肉欲を、今ここで全て吐き出して下さいませ。パウラの中に、思う存分」

彼女の言葉に導かれるように、また精を吐き出す。奇妙な浮遊感と解放感に包まれながら、全身を駆け巡る肉欲に溺れていく。俺から精を根こそぎ搾り取るかのように、パウラのマンコがさらにきつく締め上げてくる。痛いくらいにきつく扱き上げてくる膣襞に逆らうこともできず、俺はさらに精を解き放った。

「くはっ、はっ、はっ、はぁっ……がはっ、げほっ、けほっ、はっ、はぁっ……」

あまりに叫びすぎたせいで、何度もむせてしまう。いつの間にか射精は終わっていたものの、手はパウラの乳房にかぶりつくように掴んだままだった。

「たくさん出されましたね。お年の割にはお元気なことで」

「うるさい……はぁっ、はぁっ……ひと言、余計だ……」

正直、こんなに出るとは俺自身思っていなかった。こんな快感を味わわされたら、今後性欲処理に困るかもしれない……。

「それにしても……お主、童貞じゃったか」

「うるさい、童貞って言うな。……そういえば、お前もいたんだったな」

パウラとは違う声に、魔王がいたことをようやく思い出した。相変わらず姿を見せないが、俺の情けない姿は魔王にずっと見られていたのか。なんだか悔しいな。

「ベルナールよ、存分にパウラを楽しんだか？」

「う……ま、まぁ……」

「まだ物足りないのですか。では、三回戦と参りましょう」

「いやもう結構！　これ以上やったら明日以降、足腰立たなくて芋虫みたいになる！」

正直に言えば、全てを忘れてこの快楽の中で溺れたい気持ちはある。とはいえ、俺には俺の生活があるし、なにより俺の歳だとさすがに体力的にきつい……。

「くくく……そろそろじゃな。パウラ、鏡を見せてやれ」

「かしこまりました。ベルナール様、どうぞ」

どこから持ち出したのか、パウラが俺の前に膝をつき、鏡を差し出す。そこに映っていたのは見覚えのある若者の顔だった。おかしい、何かがおかしい。鏡というのは、自身の姿を映すものだ。なのに、俺じゃない俺が映っている。この姿はまるで……俺の若い頃とそっくりだ。

「ご不満ですか？」

「な、なぁ……この、鏡に映っているのはもしかして……」

「今のベルナール様です」

「はぁぁぁぁぁぁぁぁぁぁぁっ⁉」

第一章　高貴なる者、穢れの始まり

「はぁっ、はぁっ、はぁっ……なんだ、夢か」

身体を起こすと、目の前には地味な部屋の景色が広がる。薄暗がりの中で窓から入ってくる月明かりが、部屋の中をわずかに照らしていた。頬を触ってみると、無精ひげの生えた感覚が手に伝わってくる。重い身体を起こして鏡の前に立つと、そこにあるのはやはりいつもの俺の顔だった。

「……やっぱり、夢だったんだな。まったく、嫌な夢を見たもんだ」

「いえ、夢ではありませんが」

「うぉぁぁぁぁぁぁぁぁっ⁉」

鏡に映ったあの女の姿と背後から聞こえてきた声に、思わずその場から飛び退く。

だが、思ったより身体が動かず、自分の足に引っかかって無様に転んでしまった。どうやら、さっきのは夢じゃなかったらしい。

「とりあえず……俺が魔王に会ったことは、現実にあったことなんだな？」

「そのとおりです。その後、パウラめと性交して無様なイキ顔を晒した挙げ句、若返った自分の顔を見てショックのあまり気絶なさいました」

「言葉にトゲがありすぎだろ！　って、気絶した？　俺が？」

「はい、それは大層だらしのないお顔でした」

なんてこった……。うら若き女に童貞を奪われた上にそんな醜態を晒していたなんて。

「ベルナール様、魔王様より言伝を預かっております。話の途中でベルナール様が気絶なさってしまいましたので」

「うぐ……。まあ、聞こうか」

「ベルナール様が若返ることができるのは、現状ダンジョン内のみでございます。ダンジョン内に入り、パウラめより魔力の供給を受けていただくと、魔力が活性化して若返るようになっております」

「若返ったのは本当だったんだな……」

「はい、間違いなく。ですが、復活の暁には魔王様の魔力により、常に若返ることが可能になります」

「つまり、それが魔王側についたときの俺への報酬、ということか……」

「左様でございます。また、契約の暁にはパウラめをベルナール様の所有物として好きに使って構わない、とのことでした」

「つまり、副官兼監視役として俺の下につく、ということか」

「有り体に言えば。もっとも、ひとり寂しい夜のお供に使っていただいても構いません」

「ぶっ!? お、お前な……」

「なんでしょうか？　ベルナール様はまだ性欲旺盛ではないのですか？　それとも、もう弾切れの粗チン状態でパウラを使う必要もない……と？」

　こいつ、本当に口が悪いな……。とはいえ、魔王が俺に対して提示した条件は一考の余地がある。

　俺が魔王の提案を断りアカデミーに報告すれば、再封印がなされるはずだ。だが、魔王と接触したことを明かせば、俺が内通者であるという可能性を疑われかねず、現状の生活さえ危うくなる可能性がある。逆に、魔王側についても復活に失敗すれば俺の命は当然ないだろう。

　となると、一番マシなのは魔王の提案に乗り、作戦を成功させることか……。

「お決まりになりましたか？」

「ああ。魔王に協力するとしよう。どうせなら、勝ったときによりよい報酬を得られるほうにつくのが正しい選択ってもんだ」

「かしこまりました。それでは正式に、ベルナール様をパウラの主人として登録させていただきます」

　さて、人生である意味初の大きな舵を切ったわけだが……これが吉と出るか凶と出るか。

俺は、年甲斐もなくこれから起こるであろう騒乱に胸を躍らせ始めていた。

俺は魔王と正式に契約した後、軽く今後の行動方針を確認した。

まず、封印を解くには魔王の体を元に作った武器、ヴィオーレが必要だ。そのヴィオーレは強力すぎるため、限られた者にしか使うことができない。各国でヴィオーレを使う権利を得た者は一の姫と呼ばれ、現在はツヴィンガの近くに作られた都市・クロワに集まって、生徒として俺や他の講師の講義を受けていた。

俺はツヴィンガを管理する理事会に進言し、姫達に各国で保管してあるヴィオーレを取りに行かせた。魔王曰く、彼女達にツヴィンガを攻略させるらしい。

「だが、本当にこれでいいのか？　姫がヴィオーレや魔素に慣れ、ダンジョンを攻略するとまずい気がするんだが」

「構わぬ。ただ、お主にもやってもらうことがある。それは奴らの障害と誘導役じゃ。奪われし余の身体は今、封印され本来の力を失っておる。そのため、あの姫達にはヴィオーレを覚醒させてもらわねばならぬ。そのぶん、余の身体も力を取り戻すのでな」

「魔王を倒す武器として覚醒すればするほど、魔王も覚醒に近付くということか……。諸刃の剣だな」

「うむ。じゃが、そうでもなければこの封印を破ることはおそらくできまい。それほどまでにこの結界は強力なのじゃ」

「話は分かった。で、その障害と誘導役ってのは具体的に何をすればいいんだ？ まさか……『ヴィオーレ使いと戦え』って言うんじゃないだろうな？」

「ヴィオーレ使いと戦え」

言っちゃったよこの魔王……しかも、一言一句同じだし。

「安心しろ。余の魔力で若返ったお主には、ヴィオーレにもひけを取らぬほどの力が加わっておる。その力で姫を倒し、犯せ」

「……は？ 今、なんて言った？」

「犯せ、と言ったのじゃ。セックスじゃ、セックス。どうせ合意など得られるはずはない、遠慮なく押し倒して欲望を発散させるがいい」

「……それはどういう意味があるんだ？」

「魔の力を手に入れたお主や魔物がヴィオーレ使いを犯し体液を流し込めば、その身に魔素が浸透していく。そうすれば我が身体との親和性が高まり、覚醒を促すというわけじゃ。じゃが、下層に来た時点で奴らが余を封印できる力と気概を保っていては困る。心を汚染させるという意味でも、犯すという行為は理に適っているのじゃ」

「なるほどな……」

姫を犯すことに罪悪感と背徳感はあるものの、魔王に与した時点で諦めるしかない。と同時に、高嶺の花である彼女達を穢すことができる展開に、少なからず黒い心が湧き上がっているのも確かだ。あんな快楽を味わったあとになると、余計に楽しみだ。


「ここが、ツヴィンガの入り口……」

俺の案内でひと足先にツヴィンガへとやってきたリリアンヌは、目を見開き感嘆の声を上げた。彼女は人間国アルザスの一の姫で、魔王の右角を元に作られたヴィオーレ、魔剣ダインスレイブの継承者だ。

ここは人間国アルザスの領内にあるとはいえ、ほとんど人が来ることはない。学園からでもツヴィンガの外観を見ることはできるが、こんなに近くで見ることはなかったはずだ。

「ヴィオーレを門の前でかざすと扉が開きます。中に転送門があるのでそれを通って内部に侵入して下さい」

「分かりました。それでは……ダインスレイブ・リベラシオン！」

凛としたしたリリアンヌの声が響き渡るとともに、彼女の身体が白い光に包まれる。あまりのまぶしさに目を覆ったものの、その光が消えたあとには衣装の変わったリリアンヌの姿があった。裾の広がったゆったりした袖はなくなり、肘の上まで続く白い手袋が清楚さを醸し出している。紫色の鎧が胸の形を強調するかのように据えられ、肩周りは露わになっていた。なにより、ロングスカートは鼠径部にそって深くスリットが入り、下着が見えそうだ。高貴さと卑猥さをともに格上げしたかのような衣装に、俺は思わず見入ってしまっていた。

「あ、あの……そんなにおかしいでしょうか？」

「ああいえ、あまりにお綺麗なのでつい見入ってしまいました。失礼しました」

「あ、ありがとうございます……。実は私、この格好が少し恥ずかしいのです。その……露出がきわどい、といいますか。普段の衣装より少し扇情的ではないかと……」

そう言いながら、リリアンヌはスカートの裾をダインスレイブで隠した。姫と言っても年頃の娘なんだな。

「あ、先程の話は他の方には内密にお願いします！」

「ええ、もちろん。あなたのお姿も、私の胸のうちにとどめておくとしましょう」

「も、もうっ……デュラン教授には、これから何度もお見せすると思いますから、そういうことは言わないで下さい」

変身したリリアンヌからは、少女とは思えない力強さを感じる。ヴィオーレから魔王の魔力を吸い上げ、自らの力に変換しているのが分かるほどだ。これから、彼女と対決することになるかと思うと、道を誤ったのではないかという気がしてくる。だが、俺に退路はないのだから、このまま突き進むだけだ。

「リリアンヌ姫、ツヴィンガ内は魔物が跋扈《ばっこ》しています。今回は深入りせず、適度なところでお引き上げ下さい」

「分かりました。それでは行って参ります」

リリアンヌがゲートの前に立って剣を掲げると、ゲートが淡い光を放ち始める。転送門が起動したのを確認して、リリアンヌは飛び込んでいった。

「さてと、俺も動くとするか……」


ツヴィンガに入ってパウラを抱くと、俺の身体は若い頃の姿に戻っていた。同時に力がみなぎり、それが自信になってくる。このままリリアンヌと対決することも考えたが、さすがに顔を見せてバレては困るので仮面をつけて衣装を変えることにした。魔王の話によると、この姿であればツヴィンガ内でも瞬間移動ができるらしい。さすがに戦闘中に使えるほど余裕はないが、逃げるときには便利だな。

「リリアンヌは……なるほど、まだ様子見しているようだな」

上層に侵入したリリアンヌは、まだ入り口からさほど離れていないところで戦闘しているようだ。ツヴィンガ内の魔素に晒され続ければ疲労するのだから、その加減を見ているのだろう。ならば、こちらから挨拶に行くとするか。


リリアンヌの近くに転移してわざと足音を立てると、リリアンヌは俺のほうへと向き直る。角を曲がり俺が姿を現すと、警戒していた顔が驚きに変わった。

「人……？　いえ、何者です！」

「おっと、ダンジョンにねずみが入り込んだのかと思いきや、こんな美人が紛れ込んでくるとはな」

「……止まりなさい。それ以上近付いてくるようであれば、何人であろうと敵と見なし斬ります！」

リリアンヌは仮面と容姿が違うせいか、俺とは気づいていないようだ。それならこちらも遠慮なくやれる。

「やれやれ、なかなか血気盛んなお嬢さんだ。もう少し友好的になってもいいと思うんだがな」

「では、あなたの名前と素性を明かして下さい。私の名はリリアンヌ・ロワイエ。剣姫、ヴィオーレ使いです！」

「ご丁寧に自己紹介ありがとう。では、俺も名乗るとしよう……。俺の名はトレイトル……ヴィオーレ使いに仇なす者だ！」

小手調べにリリアンヌへと手を突き出し魔法を

放つ。普通なら詠唱が必要なはずだが、魔王からもらった余りある魔力であれば、そのままぶつけても十分な威力があるはずだ。

「これがあなたの言う友好的な態度ですか！」

リリアンヌは彼女の身長よりも少し低いくらいの大剣、ダインスレイブで魔法を切りながら突っ込んでくる。魔法を直接切るなんてメチャクチャだとは思いつつも、素早く反応して剣閃をかわす。リリアンヌはかわされたことに驚くことなく、素早く攻撃を仕掛けてきた。

「なるほどさすがは剣姫。実力は本物のようだ」

「あなたこそ何者です！　ツヴィンガ内で満足に戦闘できる者などいないはず……魔王の手下なのですか？」

「戦いながら会話を楽しもうとするとは、なかなか余裕じゃないか」

実戦経験はないものの、接近戦は演習でやったことがある。なにより魔力で強化された身体は反応も早くなり、リリアンヌの動きが追えるレベルまでになっていた。彼女の動きは流麗で型に忠実な動きをしてくる。そのぶん動きが読みやすいとはいえ、一撃の鋭さはなかなかのものだ。かわしきれない攻撃は小さくシールドを出して太刀筋をそらすが、角度が悪いとそのまま突き破られてしまう。まったく、魔王の身体を錬成した武器の威力は恐ろしいな。だが、俺にはある秘策があった。戦い慣れた姫を前に何も力業で勝つ必要はない。なにせ、ここは魔王の領域、ツヴィンガなのだから。

「はぁっ、はぁっ、はぁっ……さっきから逃げてばかりではありませんか。それでは私は倒せませんよ！　……あっ！」

　肩で息をしながら攻撃しようとしてきたリリアンヌの手から、ダインスレイブがすっぽ抜けて床を転がる。すぐにリリアンヌは剣を取りに行こうとしたものの、その動きは最初の頃と比べて緩慢だ。俺は彼女の前に立ち塞がり、遠慮なく腹を蹴り飛ばした。

「きゃぁぁぁぁぁぁっ！」

　リリアンヌは大きく吹き飛び、何度も床を転がる。すぐに顔を上げるものの、身体を起こすには至らなかった。俺は倒れた彼女の前に悠然と歩いて行き、愉悦の笑みを浮かべながら見下ろす。

「……とどめを刺さないのですか？」

「俺がいつ、ヴィオーレ使いを殺すと言った？　仇なすとは言ったが殺すとは言っていない。さてと、勝者には報酬がつきものだ。それをいただくとしよう」

　俺はゴブリン達を頭の中で命令して呼び寄せ、リリアンヌを羽交い締めにして膝立ちにさせる。彼女は魔物の接近に気づいていないほど疲弊していたようだ。

「えっ、いつの間に？　くっ、離して下さい！」

「離してほしければ自分でふりほどくことだな。だが、もうそんな体力は残ってないようだがな」

「はぁっ、はぁっ……どうしてこんな……ひぅっ⁉」

俺が彼女の目の前でチンポを取り出すと、端正な顔に朱が走った。うら若い少女の前に自分の肉棒を晒すという羞恥行為《しゅうちこうい》も、彼女の怯え恥ずかしがる顔を見ると興奮に変わっていく。

「な、何をしているのですか！　ま、まさか……」

「ほう、ある程度知識はあるようだな。ならば、事細かに説明する必要はないな。……咥えしゃぶれ」

リリアンヌは眉をつり上げて俺をひとにらみすると、唇をつぐんでそっぽを向いた。それが彼女の答えということらしい。俺も彼女が素直にしゃぶるとは思っていない。彼女の鼻をつまみ、息ができないようにする。

「んっ、んんんんっ……」

リリアンヌは首を振って抵抗しようとするものの、俺の指をふりほどくことはできない。息苦しくなってきて唇をわずかに開こうとしたものの、顎に力が入ったままだ。それならと彼女の顎を上げさせ、俺と視線が合ったところで腹につま先をめり込ませた。

「げふぅっ⁉　むごっ、んぐぅぅぅっ！　んっ、んぐっ、うぶっ、れぶっ、うぅぅぅっ！」

突然の腹部への攻撃に耐えきれず、むせたところにチンポを強引に奥までねじ込む。

「なるほど、これが剣姫の口の中か。温かくて濡れていて、なかなか気持ちいいじゃないか」

わざと声に出して感想を聞かせると、リリアンヌは目尻に涙を浮かべながら俺を睨み付けてきた。舌で肉棒を押して吐き出そうとしつつ、食いちぎろうとしてか歯を立ててくる。

だが、いきり立った剛直の前に疲弊した身体では文字どおり歯が立たないらしい。

「あんなに嫌がっていた割に自ら舌で俺の竿を舐めてくるとは、一の姫というのは案外いやらしいのだな」

「むぐっ、んっ、んんんっ！　ちがいまふっ、これはっ、はきらそうとしれっ、んぐっ、ごふっ、れるっ、じゅるるっ」

言葉を紡ごうとしたことで抵抗が弱まり、俺はチンポを奥に押し込む。言葉が咳に阻害され、肉棒を舌に押しつけられて淫らな水音を立ててしゃぶらされる。リリアンヌは嫌がって舌を押してくるが、それが尿道を舐め上げる結果になり、俺の肉欲をかき立ててくれた。なるほど、人を犯すというのはなかなかに興奮するな……しかも、相手は人間国最強の剣姫なのだから高揚感はひとしおだ。

「じゅるっ、じゅぶっ、うぶぅっ！　んっ、んぐっ、れろっ、うぅぅ……れるっ、じゅるっ、んぐっ、やめれくらさいっ、んぐっ、んんっ」

「いいぞ、もっと嫌がってくれ。そのほうが俺も楽しめる」

彼女の頭を掴んで引き寄せながら肉棒の抽送を繰り返し、何度も喉奥を突き上げる。リリアンヌの綺麗な声が無様にくぐもった声に変わる背徳感は、他の者では絶対に味わえないものだ。彼女の仕草のひとつひとつが、俺の中に眠っていた獣欲を呼び覚ましていくの

が分かる。性欲がこんなにもたぎってくるのはいつ以来だろう？　もしかしたら、人生の中で今が一番高まっているかもしれない。

「んぐっ、んっ、れるっ、じゅるるっ……うっ、にがい……んっ、れるっ、じゅるるっ、これは一体……れるっ、れろろっ、じゅるるっ」

「なんだ、我慢汁を知らないのか？　性教育が中途半端だな。だったら、この機会に覚えておくといい」

リリアンヌは涙目で再び俺を睨み付けてくる。だがその上目遣いは俺の嗜虐心《しぎゃくしん》を煽るだけだ。

「ではそろそろ出すとするか。こんなところで満足してはもったいないからな」

「れるっ、れろっ、じゅぶるっ、んぐっ……なにを……んっ、んっ、んんっ！　れるっ、れろっ、れるるっ、んぶぅぅぅぅぅぅぅぅぅっ!?」

びゅるっ、びゅるるるるるるるっ！

リリアンヌの頭をしっかり掴んで押し込み、喉奥に亀頭を押しつけながら精を解き放つ。喉に精液を流し込むように射精されたリリアンヌは、目を見開き泣きながら叫ぶ。全身を震わせ悲鳴を上げるリリアンヌにまた興奮させられ、彼女の頭を振って舌に竿を擦らせながらさらに射精を繰り返した。

「んぐっ、んぶっ、うぅぅぅぅっ！　ぐぶっ、じゅぶるっ、ぐっ、ごくっ、ごくんっ、んぅぅぅぅぅぅぅぅっ！」

俺の射精の勢いに耐えきれず、喉を鳴らして精液を胃の中に流し込んでいくリリアンヌ。それでも口内に入りきらずに唇の端から白濁をこぼし、うめき声を上げ続けた。何度も射精を繰り返したあと、俺はゆっくりとチンポを引き抜いた。

「う、うぅぅ……ごほっ、げふっ、んぶっ、うぅぅ……うぇっ、うぶっ、うぅぅ……」

咳き込み、えづき、弱々しく声を漏らしながら虚ろな表情で涙を流すリリアンヌ。男の精液を飲むなど、おそらく初めてのことだろう。そのショックで朦朧《もうろう》とするのは致し方のないことだ。だが、俺の欲望はこの程度で収まるはずがない。俺はリリアンヌの頭を掴んだまま、仰向けに押し倒した。

「あぅっ！　なに、を……」

仰向けに倒れたリリアンヌの腕をゴブリンに握らせ、自由を奪う。俺は彼女の足の間に入って座り込んだ。

「ときに剣姫、君は処女なのかな？」

「っ⁉　こ、答える義理などありません！」

リリアンヌは顔を真っ赤にして怒り、顔を背ける。その様子は図星と言っているようなものだ。

「それは残念だったな。ただ、こんな孤立無援のダンジョン内で、正体も知らない男に処女を奪われるなんて、そうそう得られる経験じゃない」

「そんな挑発には乗りません。私はもう、覚悟を決めています。好きにすればいいでしょう？」

「覚悟を決めた……ね。それはつまり、口にするまでは覚悟を決めきれなかったということかな？」

「そんなはずはありませんっ！　私は……」

「なに、自分を恥じることはないさ。魔王を封印したダンジョンで、自分が犯されるなど、想像できるはずがないからな」

「犯す……犯す、犯される……」

俺の言葉を反芻し、リリアンヌの瞳がわずかにぶれる。だが、取り乱すほど醜態を晒したりはしない。それだけできた姫ということだな。

そんな姿を見せられると、彼女をどこまでも貶めたいという悪い心が鎌首をもたげてくる。彼女が言葉を反芻している間に、俺はめくれ上がったスカートから見える下着をずらし、乱暴にチンポを勢いよくねじ込んだ。

「ひぐぅぅぅぅぅぅぅぅぅぅっ⁉」

勢いよく根元までねじ込むつもりが、亀頭が飲み込まれた程度のところで止まってしまう。かなりの締め付けに阻まれ、熱い肉の感触に亀頭が舐め回されて快感が背筋を駆け上がってきた。

「口の中とは比べものにならないな。これは……くっ、ハマりそうだ！」

「あぐぅっ！　ひっ、ひぐっ、んぅぅぅっ！　はっ、はっ、はぅぅぅっ！　中に……私の中に、異物が入り込んで……」

「そんなに痛いなら力を抜けばいいだろう？　そうすれば少しは楽になれると聞いたことがある」

「そんな真似……はぁっ、はぁっ、できるわけが、ないでしょう！　あなたを受け入れることなど、んぐっ、できるわけが……ぎぅぅぅっ！」

リリアンヌは反論しようとするものの、チンポをねじ込まれる痛みに耐えきれなかったのか、自らの悲鳴で言葉を塗りつぶしてしまう。俺が強く腰を打ち付けるたび、リリアンヌは眉をよせて苦悶の声を漏らす。彼女が必死になればなるほど膣の締め付けはきつくなり、俺の快感を引き出してきた。

「ぐっ、はっ、はぐっ、うぅぅぅっ！　こ、この程度……まだ、折れるわけには……ひぐっ、んぐぅぅぅっ！」

俺が体重をかけてさらにチンポをねじ込むと、膣襞が肉竿を扱き上げ、強い快感に後頭部を殴りつけられる。と同時にまた膣がきつく締まり、リリアンヌの苦悶の悲鳴が上がった。

「ぎっ、ぐっ、ひぅぅぅっ！　そんなに早くっ、んくっ、ぐっ、つぅっ……んんんっ！」

一旦腰を引こうとしても膣道はもともと窮屈な上、処女膣の収縮がチンポを引き留め離さない。それでも、わずかながら引き抜かれていくときの摩擦で、俺の血流はまた速くなった。

「やれやれ、そんなに俺のチンポがお気に入りなのか。仕方ない、だったらこの状態で楽しませてもらうとするか」

こうして軽く動かしているだけでも、快感が絶え間なく膣襞から与えられる。逆を言えば、俺の肉棒が彼女の膣壁を犯し、痛みを与えているということだ。そんな中で俺に牙を剥こうとする彼女の強さに、改めて自分とは違う人種だと考えさせられる。だからこそ、そんな彼女を自分の肉欲を満たすためだけに犯し、穢し、蹂躙《じゅうりん》するという贅沢をしたくなる。

「ときに剣姫。処女を悪党に奪われた気分はどうだ？」

「あ……くぅぅぅっ！　わ、私……処女を…ぐっ、知りませんっ！」

リリアンヌは一瞬顔を青ざめさせるものの、すぐに唇を噛み顔を背ける。ショックで瓦解するかと思ったが、なかなかに気丈なお姫さまだ。敵愾心を剥き出しにするものの、膣の具合はそれに反してこなれ始めていた。きつくこすれていた膣壁が少しずつ滑りがよくなり、わずかながら水音が聞こえてくる。軽く前後に動かしてみると、素早く反応して収縮はするものの、動けなくなるほどの締め付けではなくなってきた。

「少しは慣れてきたか、リリアンヌ？　あまり悲鳴が聞こえなくなってきたが」

「はぁっ、はぁっ、んんっ……あなたは、私が悲鳴を上げるたびに至福の笑みを浮かべます……。あなたの喜ぶ顔など、見たくありませんから」

「だったら、悲鳴を上げさせてやるとしよう」

「ひぁぁぁぁぁぁぁぁぁぁっ!? あっ、あぐっ、ひぐぅぅぅぅぅぅぅっ！」

完全に抜けてしまう前に腰を止め、同じ勢いで再び膣内へと肉棒を押し込む。チンポは根元近くまで膣内に入り込み、中の熱さと圧迫感で俺に激悦を打ち付けてくる。じゅぶりと卑猥な音を立てて愛液が溢れ出し、剣姫の膣口を淫らに濡らした。

「はぐっ、ひぐっ、ぎぃぃぃぃぃぃっ！ や、やめ……んぁっ、あっ、奥に当たってっ、あっ、あんっ、んぁぁぁぁぁっ！」

苦しげな悲鳴の中に甘い声が漏れ始め、頬に朱が差す。ヴィオーレと魔素の影響で身体が火照り、発情に似た状況になっているのかもしれない。なるほど、これは面白い。

「はっ、はっ、んんんんっ！ 頭の奥が痺れて……んぐっ、んぁっ、はんっ、あんっ、んぁぁぁぁっ！」

リリアンヌは身体をねじって抽送から逃れようとするものの、むしろ膣内でチンポがこすれる角度が変わって新たな肉悦が広がる。リリアンヌの抵抗を押さえつけようと、さらにゴブリンが腕を掴む手に力を込めた。

「さすがにそろそろ我慢の限界だ。たっぷりと君に男の欲望の証を流し込んでやろう」

「はんっ、あんっ、んぁっ、あっ、くぅんっ！ なに、を……言って……っ!? いやっ、いやぁぁぁっ！ そんなっ、それはっ、いやっ、だめですっ！ くぅぅぅっ！」

何をされるのか、この横暴なセックスの果てにあるものにようやく気づいたらしく、リ

リアンヌは再び必死に身体をよじって逃げようとする。だが、そんな行動は無意味なだけでなく、俺により快感を与えるだけの逆効果にすぎない。

「受け取れ、剣姫リリアンヌ！　己の弱さが招いた結果を、俺の欲望の証を！」

「う、ぐっ、うぅぅぅぅっ！　中に、出されるっ……私の膣に、見も知らぬ男の精が……。い、いや……いや、いやぁっ、中に出さないで……いや、いや、いやぁぁぁぁぁぁぁっ！」

どぴゅっ、びゅるるるるるるっ！

頭の中がまっ白になると同時に、全身が解放感に包まれる。と同時に、リリアンヌの絶叫が俺の欲望に追い打ちをかけた。リリアンヌの膣に締め付けられて、さらに中出しを続ける。俺が射精を終えてゆっくり目を開けると、そこにはぐったりした剣姫の顔が目に飛び込んできた。

「あ……う、うぁ……い、やぁ……っ、あ、あぁぁ……」

涙で頬を濡らし、視線を彷徨《さまよ》わせる彼女の姿は、実に艶めかしい。露わになった乳房がゆっくりと上下しているのを見て、また欲情してしまう。その欲望に抗うことなく、俺は再び彼女の膣内へと軽く射精した。

「ひぅ……っ！　んぁ、あぅ……」

俺のわずかな射精にも敏感に反応し、剣姫は身をすくませてまた涙をこぼした。

「犯された⁉　一体どういうことなの？」

ツヴィンガでの一件を報告したリリアンヌに、それぞれのヴィオーレを携えて戻ってきた姫達は一様に驚いた。獣人の姫・フィオレに至っては顔を蒼白にして今にも倒れそうなくらいだ。

「私の前にトレイトルという謎の男が現れ交戦したのです。最初は互角だったのですが、次第に私の身体が熱くなってきてダインスレイブを握れなくなっていったのです。そして……」

「なるほど。身体に不調が出たのは、おそらく魔素の影響でしょう。激しい戦闘で魔素を大量に吸収したせいで身体が活性化しすぎて暴走したのではないかと」

素知らぬ顔で、俺は教授として口を挟む。

「あの……魔素を吸いすぎると身体に悪いのではありませんか？」

「普通であれば体調不良などの異常が見られます。姫は変身している上にヴィオーレをお持ちです。耐性が高くなっている上、魔素を力に変えることができるので、そこまでの影響はないかと」

ヴィオーレを持つ者が一線を画す力を持つ理由はそこにある。ヴィオーレは強力な武器である反面、それ自体が魔王の影響を及ぼす。下手な者が使うとその強い魔素に身体を侵蝕され、最悪死に至る。だが、それに耐えうる者が魔素を使って変身すると、さらなる耐性をつけるとともに、魔素を自分の力に変えられるのだ。

だから、ヴィンガのような魔素の濃い場所ではさらに強くなる。対魔族に強いのもそれが理由だ。

「でもさ、リリでも勝てない相手がツヴィンガ内にいるなんてヤバくない？」

「で、理事会はどう言ってるの？　戦力を揃えて乗り込む？」

「いえ、最初の予定どおり、姫様方に封印をお願いするというかたちになりました。理由は、下手に人員を増やしても戦力にならないことと、いたずらに人々の不安を煽るから、と」

この答えは俺が誘導したものだが、姫達には納得感のある答えに違いない。もちろん、これが失敗すれば俺の首が飛ぶことになるが、それはこちらの世界での話。姫達の敗北は魔王の勝利となり、ひいては俺の勝利となるのだから。

「……分かったわ。トレイトルとかいう女の敵は、私が蜂の巣にしてあげる」

「わたしのところに来たら、ミョルニルでぺちゃんこにしてやるよ」

息巻く妖精族の姫・セレスティアと小人族の姫・エリーゼの言葉に内心では戦々恐々としているが、頼もしいとばかりにうなずく。フィオレも控えめながらもうなずいた。

第二章　上層　欲望の始まり

四人がそれぞれツヴィンガに潜るのを確認してから、俺もパウラと一発ヤって中に入った。中年の身体で毎日のようにセックスするのは大変だが、若返ってしまえばその疲れも一気に吹き飛ぶ。今回の相手は槌姫エリーゼ・ハインツェルだ。小人族出身の彼女は他の姫達よりも小柄だ。だが胸は彼女達の中で一番大きく、さらに膂力《りょりょく》も他の種族と比べて強い。小人族が重さを破壊力とする魔槌を作ったのもうなずけるという話だ。

「……トレイトル。いたな」

俺の姿を認めると、エリーゼは巨大な槌、ミョルニルを振り上げ走ってきた。

「これはこれは槌姫……っ！」

慇懃無礼に丁寧な挨拶をすると、言い終わる前に槌が振り下ろされる。シールドを張って後ろに飛ぶと、攻撃を防がれたエリーゼは悔しげに舌打ちした。

「随分と熱くなっているようだな。水でもかけて目を覚ましてやろうか？」

「そんな心配はいらない。わたしは十分に冷静だよ」

言葉尻に苛立ちが混じっている。自覚はないようだが、それならそれで上手くいなして時間稼ぎをするまでだ。

「でやぁぁぁぁっ！」

彼女の胴体よりも大きい巨大な槌を軽々と振りかざし、エリーゼが襲いかかる。壁を、床を、シールドを激しく叩くたびに空気が震え、また地震が起きたかのような錯覚を覚えた。

「さっきから逃げてばっかりじゃないか。そろそろぺちゃんこになれよ！」

「それはできない相談だな。それに、防御だけではないぞ？」

エリーゼが振り下ろし始めたところに光弾を放ち、気を反らせようとする。かわすかと思いきや、エリーゼは光弾を喰らいながらそのまま槌を振り下ろしてきた。

「くっ、まったく……体力に任せた戦い方だな」

「お前みたいなやせっぽちとは違って鍛えてるからな！」

エリーゼは義憤に駆られてか破壊力のある攻撃を繰り返す。だが、それは自殺行為だ。ほどなくして、エリーゼの手から槌が滑り落ちて床に転がった。身体の興奮が限界を超え、膂力がなくなったのだ。

「なにっ⁉　どうして……」

「どうだ？　はやる高揚感に身体を蝕まれて、さぞかしいい気分だろうな……」

「そんな……こんな、突然に……」

呆然とするエリーゼにゴブリンをけしかけ、押し倒す。そしてゴブリンに足を開かせる

と、装束を引き裂いた。

「離せ、離せよ！」

「離してほしければ自力で押し返せばいいだろう？　もっとも、ヴィオーレひとつ持てない君にそんな真似ができると思えないが」

苛立ちを隠せず睨み付けてくるエリーゼに、返事とばかりに衣装を引き裂く。ただでさえこぼれるような巨乳が、隠す衣がなくなってたぷんと溢れ出した。エリーゼの顔が真っ赤に染まり、羞恥《しゅうち》に眉をひそめる。

「リリアンヌの身に何が起きたか、君は聞いているか？」

「くっ……………」

エリーゼは答えないが、一心に睨み返してくる。その視線がすでに答えているようなものだった。

「いい表情だ。リリアンヌの身に降りかかった汚辱をその手で晴らそうと意気揚々とやって来ただろうに……残念だったな」

俺はいきり立ったチンポを取り出すと、容赦なくエリーゼの秘裂にねじ込んだ。

「あぎぃいいいいいいっ……⁉」

「くはっ、キツイな……！」

さすがにまだ濡れ方が足りないのか、奥まで一気に貫くことができない。それに体格的に元々穴がそれほど大きくないようだ。

「あぐっ、あっ、あがぁぁぁっ……！」

しかし、悶えるエリーゼの姿に、みるみるチンポの硬さが増していく。これならと力任せに腰を突き出し、その処女膜をぶち抜いてやった。

「ひぎぃっ⁉　いっ、たぁっ……く、うぁ、あぁぁぁ……」

エリーゼは痛みに震え、俺が動きを止めたあともうめき声を漏らす。今は痛みだけかもしれないが、そのうち魔素の影響で気持ちよくなるはずだ。俺は俺で、好きに楽しませてもらおう。

「本当に痛いくらい締めつけてくるな……もう少し力を抜いたほうがお互いに楽しめるぞ」

「あぐっ、ひっ、いいっ……！　誰がっ、あんたの言うことなんかっ……あぁっ！」

ずるりとチンポを引き抜くと、それは愛液と血でぬらぬらと彩られていた。天下に名高い一の姫、再びその純潔を奪った——そう思うと、何とも高揚した気分になってくる。

「そうか？　君が泣き叫んで見せてくれるなら、それもまた最高の快楽だからな。いずれにしても俺に損はない」

「くっ、そぉ……！」

無理矢理突き入れたこともあり、今にも押し出されてしまいそうなくらいに締めつけてくる。痛みに耐えるためもあるのだろうが、一番は俺への拒絶の表れというところか。

「今、君のどんな表情も、どんな罵倒も、俺にとっては最高のスパイスというわけだ」

「あぐっ、あぁ、あがっ……！　うぐっ、むぐっ、うぅぅぅぅ……っ！」

全霊をもって睨みつけてくる。そんなエリーゼの表情に、俺はますます興奮を隠せない。

「ああ、いいな。最高だ……！」

「あっ、ぐぅぅっ……！　くそっ、こんな……こんなのっ……！」

直情というのは折れやすいものだ。俺は自分の使命を思い出す。

「悔しいか？　しかし君は運がいい。殺されるよりも大分マシだ」

「っ……！　んっ、あぁっ……！」

「だがそれも、俺の気分次第だということを忘れないで欲しいものだな」

「わたしに、何をさせたい……」

「何を？　君に今できることは、女をさらけ出し、俺を楽しませることだけだ……何も期待しちゃいない」

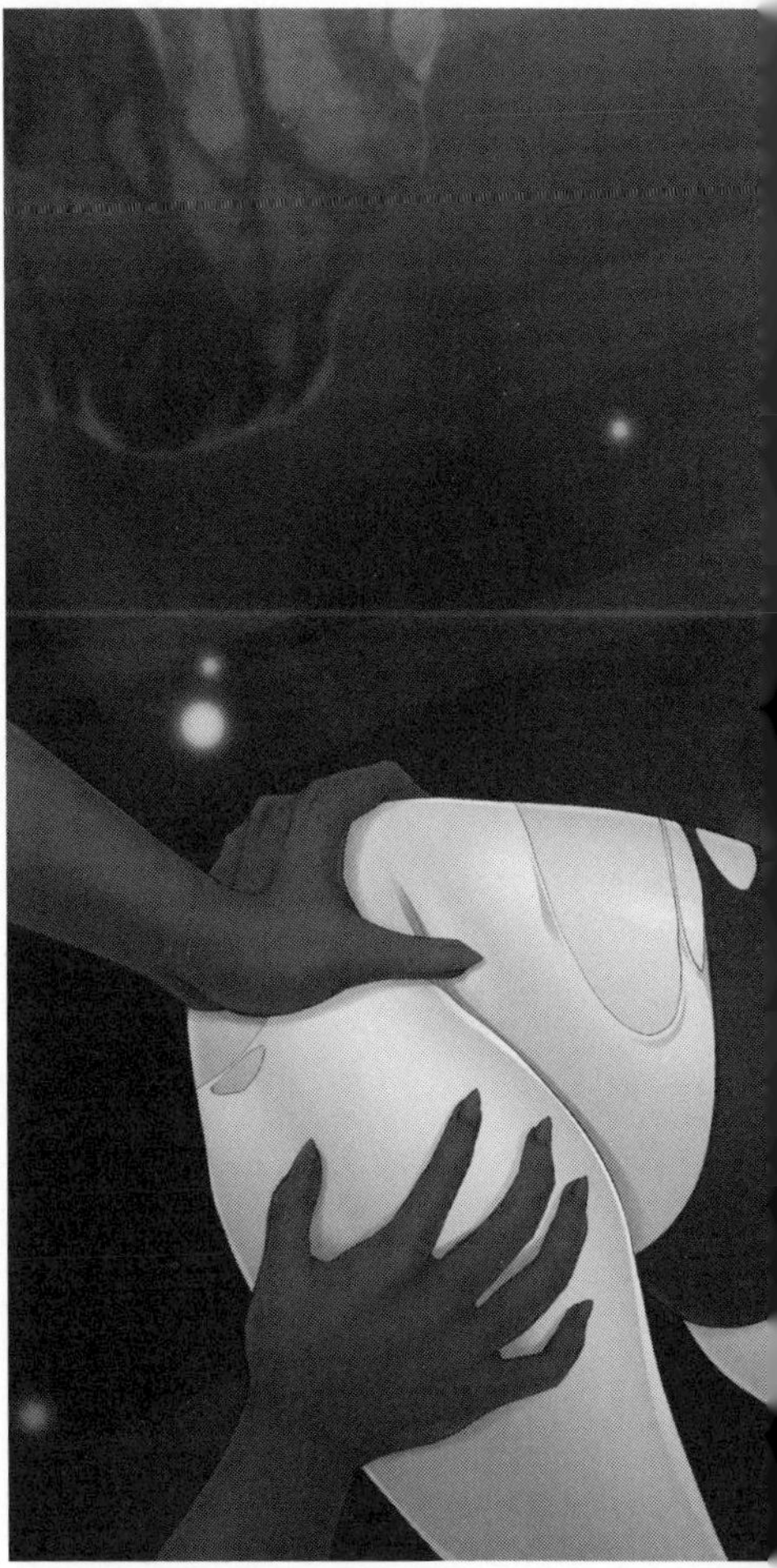

「そんな……くっ、あぁっ……！」
立場を思い出させるため、やや強めに腰を振り立てると、今までより、少し気弱な声を上げる。
「しかし、いっそ楽だろう。どうせ女らしく媚びを売ることなどできないのだから。違うか？」
「わたし、は……」

困惑する表情を見せる。彼女が、男女の交わりになど欠片も興味がなかっただろうことは想像に難くない。

「ここで俺が君を殺せば、ミョルニルは回収されず闇に葬られ……魔王はいずれ復活を遂げる」

「……！」

一瞬、目を見開いたエリーゼは、そのまま目を伏せると、身体の力が抜けていく。これから必要な行動は一体何なのか、ようやく理解したものらしい。

「素直ではない女の従順さというのは、いいものだ……ふんっ！」

「うっ、あうぅっ……！」

再度の突き入れに、今度は素直に声を上げる。

「うあっ、くっ……んっ、あっ……あ、あぁ、あぁっ……！」

演技もできず、媚びの売り方も知らず……ただ不器用に、与えられた快楽に反応することしかできない。

「やっ、こんなっ……！　あっ、んんっ、あっ、あっ、あっ、あっ……！」

「そうだ。顔を隠すな……恥辱にまみれた表情をしっかり俺に見せるんだ。目をそらすなよ」

「くっ、やぁっ……！　ふぁ、あぁっ……！　ふ、あぁ……!?」

困惑しながら、必死に目を合わせようとするエリーゼの羞恥と苦渋に濡れたその表情……

最高にたぎるな。

「くくっ、最高の気分だな」

万力のような締めつけがゆるみ、身体の小ささゆえの狭い膣が本領を発揮し始める。

「んっ……ふっ、く、あっ……あっ、あっ、あっ……あんっ……！」

「声が甘くなってきたようじゃないか」

「う、あ……そんな、こと、は……んっ、はぁっ……」

強く否定したいが、動かせない現実、そして俺の機嫌を損ねたら任務が失敗になるかもという恐怖。それが語尾をしぼませる。

「ふぁっ……んっ、あっ……やだっ、身体の、奥……がっ……」

そろそろ、浸透した魔素が軽い快楽中毒を起こし始めたようだな……。

「あっ、く……うっ、はっ、あっ……あ、あ、あぁっ……！　んっ、んんっ……」

「いい顔になってきたな。そのまま俺を楽しませろっ……」

「んっ……く、あ、はっ、あぁ……んっ、はぁぁっ……！」

激しくなっていく突き入れに、半ばあきらめをにじませたエリーゼの表情に赤みが差してくる。

「あぐっ……あっ、なにっ、これぇ……!?　あっ……あ……！」

エリーゼの驚きと同時に、キュッと彼女の膣が締まる。

「どうしてっ、こんなこと、されてるのに……あっ、ふぁぁぁっ⁉」

今までの拒絶によるものとは違う。気持ちよさを求めて、膣がチンポに吸いつこうとする締めつけだ。

「これはいい……君はこちらのほうの才能にも長けているようだな！」

「ふぁぁっ、あっ、くうんっ……！　はひっ、なんでぇっ……！　あんっ、あぁぁっ……！」

本人の意志を無視して、エリーゼの下半身は俺のチンポに吸いついてくる。その快楽が彼女自身を驚かせている。

「こんっ、こんなのでっ、気持ちよく、なっちゃ……あぁっ、ダメなのにっ……！」

小人族は、他の種族に比べて魔素に反応しやすい体質だ。ならば、中毒症状も強く出るということか。

「くっ、ああ、いいぞ、そのまま締めつけろっ……！」

「やだっ、わたしっ……そんなこと、してっ、ない……あっ、ふぁぁぁぁっ……！」

泣きそうな顔で、快楽と身体の反射を否定するが、その表情がたまらない。

「ああ、そうだ上手いぞ……くっ、そろそろ出すからな……！」

「えっ、いやっ……！　やだぁっ……！」

性に興味がなくとも、子供ができるということは分かるのか。顔に絶望が浮かぶ。

「さあ、あらん限りの俺の欲望をその腹に受け容れるがいい……！」

「やぁぁっ、やっ、あっ、あっ、あっ、あぁっ……やだっ、あぁっ、やめてよぉっ……！」

限界直前の快楽をむさぼろうと、俺もしゃにむに腰を突き上げる。

「ぎぃぃっ……！　ダメっ、もっ……あっ！　あたまっ、まっ白になってぇ……！　あっ、あぁぁぁぁぁぁぁぁっ……！」

「くっ、ああ……さあ、最奥で……全部受け止めろっ……あぁぁっ！」

どぷっ、どびゅるるるるっ！

「あぐぅぅっ！　あっ、うぁぁぁぁぁぁぁぁぁぁぁぁぁぁっ！」

最後の一回と、思い切り腰を突き入れた刹那、頭がまっ白になり、爆発的な射精感が腰から全身を吹き抜ける。ドクン、ドクンと、信じられない量の射精を感じる。

「いっ、ひっ……やぁぁ、そんなに出さないでぇぇ……！」

ぐったりとしながらも、エリーゼが恐怖に顔を引きつらせる。

「ぐっ、ああ……！」

締めつけがゆるみ、エリーゼの中から抜け落ちても、まだ射精は止まなかった。

「うぶっ……！　やぁぁ、こんな……こんなに……」

勢いよく噴き出した精液が、エリーゼの身体中を穢していく。

「うっ、うぅっ……あ、ああ……ぁ……」

「くっ、くくっ……ふふ、ははは……」

精液まみれになった豊満なおっぱいが荒い呼吸で上下するのを見て、俺は形容しがたい満足感を味わっていた……。

その後、フィオレとセレスティアをも連日襲った俺は、再びリリアンヌを待ち受けていた。彼女はそろそろ中層に繋がる中央のゲートまで辿り着くはずだ。

他の姫達が次々と犯されたことを知った彼女が、どれほどの怒りを溜めて戦いに赴くのか……。そしてそんな彼女を押し倒し、あの端正な肢体を蹂躙《じゅうりん》できるかと思うと、今から興奮が抑えきれない。

「……なるほど、今日はここにいたのですね」

俺が感慨に耽っていると、背後から凛とした声が聞こえてくる。ゆっくり振り返ると、静かに佇むリリアンヌの姿があった。

「よくぞここまでたどり着いた。正直、少し驚いているよ」

「私があなたに穢され、落ち込んでツヴィンガ攻略が遅れるとでも思っていたのですか？」

「俺に抱かれた程度で折れはしないということか。さすが、剣姫」

「あなたを怖れてツヴィンガに向かわないなど、ヴィオーレ使いにあるまじき行為ですから」

気迫は衰えるどころか、むしろ以前より増しているように思える。俺に手痛い敗北を喫していながらここまで強気に出られるというのは、さすがというべきか。

「では、俺を返り討ちにする算段はついた、ということかな？」

「いいえ。今の私では、まだあなたに勝てないかもしれません。ですが、私は命ある限り、このヴィオーレがある限り戦い、そして苦難を切り払う使命があるのです」

どちらからともなく静かに構えると、空気が少し冷たくなったように感じた。

「やぁぁっ！」

先んじて動いたのはリリアンヌだった。大上段に構えたダインスレイブが振り下ろされると、後ろに飛んでかわしたにも関わらず風圧で一瞬斬られたかのような錯覚を覚えた。なるほど、魔素に慣れて強くなっているということか。あまり余裕ぶっていては足元を掬われるな。

「ふっ、確かにまだ俺には敵わないようだな」

リリアンヌの斬撃は鋭いものの、魔法の盾を破壊するほどの威力はない。魔王の力で強化された俺の身体能力は、彼女の剣閃を見切っていた。

「はぁっ、はぁっ、くぅっ！」

剣を弾いたタイミングで魔法や打撃を与え、徐々に体力を奪っていく。だが、息が上がるほど彼女の動きもよくなり、魔素を吸って高揚しているのが見て取れた。彼女を打ち倒す必要がないというのはありがたい。時間稼ぎをしていれば勝手に自滅してくれるのだから。

「はぁっ、はぁっ……ぐっ……」

「どうした？　もう息が上がったのか？　そろそろ限界なんじゃないのか？」

「まだ……もう少しやれます！」

両手で強く柄を握りしめ、リリアンヌが渾身の一撃を決めようと襲いかかる。それは逆に、この一撃をしのげば俺の勝ちということだ。俺は今までどおりにかわさず、敢えて前に出た。

「えっ？　あっ！」

俺の突然の攻勢に驚き、一瞬反応が遅れた。ダインスレイブの柄を蹴り上げると、彼女の膂力は限界を超えていとも簡単に手放してしまった。魔剣が床を滑り、部屋の片隅へと滑っていく。剣のほうに目が向いたリリアンヌの腹に、拳を一発お見舞いした。

「がはっ！　うぐっ、うぅぅ……ぐっ、はぁっ、はぁっ……」

怯えた顔を浮かべながら後ずさるリリアンヌ。俺は彼女の肩を掴むと、そのまま壁に叩きつけた。

「あぐっ！」

痛みに顔をしかめるリリアンヌに構わず何度も肩を打ち付ける。やがて彼女の腕が痺れてだらりと下がると、壁に身体を押しつけたまま足を抱え上げた。

「くっ……離して下さい」

「自分で振り払えばいいだろう？　もっとも、そんな余裕はないと思うが」

「くっ……はぁ、はぁ……んっ……んふぅっ、ん、くぅ……」

悔しげな声のあとに、艶めかしいため息が漏れる。まだ快楽に慣れていない彼女は、興奮状態になり発情した肉体を持て余しているのだろう。だったら、早くその興奮を快楽に変えてやるべきだ。俺が勃起した肉棒を取り出すと、リリアンヌが顔を赤らめながら眉をひそめた。

「うっ……また大きく……こんな醜悪なものをよくも……」

「こんなとは何のことだ？」

「とぼけないで下さい！　その下半身についているおち……な、なんでもありません」

「惜しい、最後まで聞いてみたかったのだがな。姫ともあろうものが、男の性器の名前を口にしそうになったというだけでも滾るが」

彼女の股間に目を向けると、既に感じ始めているのか濡れた秘唇がヒクついているのが見えた。

「ほう、マンコのほうも準備できているようだな」

「まんこ……？」

「もう少し性の知識を勉強してきたらどうだ？　姫の膣のことだ。愛液が溢れ始めているぞ」

「……っ！　卑怯です、私にわざと言わせるために口にしましたね！」

リリアンヌは顔を真っ赤にして抗議してくるものの、噛みつくことさえできない子犬など可愛いものだ。

「さてどうかな？　それより、準備できているなら遠慮などしない。すぐに楽しませてもらおう」

　俺は腰を引き、亀頭を秘裂に押し付ける。リリアンヌはここぞとばかりにお尻を振って逃げようとしたものの、思ったほど身体は揺れない。

「う、くっ、うぅうぅっ！　だめ、いや……入れられるわけには……んんんんっ！」

　羞恥心と焦燥感に追い立てられているのだろう、リリアンヌの必死の抵抗に、形のよい乳房がたぷんと揺れる。俺はその様子を眺めながら、腰を勢いよくぶつけにかかった。

「あぐぅぅうぅうぅうぅっ！　中に、刺さって……んっ、んぅうぅうぅうっ！」

　亀頭が少し入っただけで彼女は悲鳴を上げ、必死に耐えようとするように目と口を閉じる。下手なブレがなくなったことで逆に挿入しやすくなり、俺はゆっくりとチンポを押し込んでいく。

「う、ぐぅぅう……またこの男に、身体を許すなんて……んぁっ、あっ、んっ、んくっ、くぅぅうっ」

　リリアンヌは身をよじって逃げようとしているようだが、あいにくと膣に刺激を与える役目しか果たしていない。

「抵抗するつもりなら、もっと本腰を入れてはどうだ？　もっとも、犯されるふりをして楽しんでいるなら別だが」

「誰が犯されているふりなどするものですか！　こんな醜悪なものに……こんな辱めを受けながら犯されるなど……」

　ヴィオーレ使いは目尻に涙を浮かべながら唇を噛みしめる。それでも、両手が使えない現状では壁に手をついて身体を押し上げることもできないことにようやく気付いたらしい。無駄な抵抗をやめ、静かに目を閉じた。

「今はまだ……んぐっ、あなたのほうが上手のようです。悔しいですが、その事実を認めます」

「どうした、随分殊勝じゃないか。諦めが早いのは美徳とは言えんぞ？」

「できないことを、んっ、んんっ……できないと喚き散らすのは、子供のすることです……。あなたが私を殺さない以上、んっ、はぁっ、はぁっ、んくぅっ……今は耐えて、必ずあなたを見返して見せます」

　犯されることを身体で知っていながら再びやってきたのだ、このくらいは覚悟できているということか。それはつまり、俺に犯されることよりもプライドのほうが勝っているということだ。来なくなられては困るが、犯されるのを軽く見られるのはもっと困る。これは少しずつ調教していくしかないな。

「姫の顔をこんなに間近で見ながら犯すというのはなかなか楽しいものだな」

「はぁ、はぁっ……こんなまぐわいが楽しいなどと、理解できません……んっ、んっ、はぁっ、はぁっ、ふぁぁっ」

「だろうな。俺は俺の楽しみのためだけに犯している。相手の都合などお構いなしに、欲望をただぶつけているだけだ。君からすれば子供のわがままのようだと言うかもしれないが、大人でなければできないこともあるということさ」

「相手を力で押さえ込み、性欲に任せて女性を蹂躙することがですか？　んっ、はぁっ、はぁっ……下手な子供より、質が悪いですね」

「ああ、実に質が悪い。俺も自覚はしているよ。だからこそ、君の反応もこうして楽しめるというわけだ」

リリアンヌの足を少し持ち上げ、腰の角度を変えながら小刻みに膣を抉る。膣の締め付けの感触が変化し、俺の肉欲をまた刺激してくれた。それは俺だけでなく、彼女にも同じことが言えたようだ。

「んぁっ⁉　はっ、はふっ、くぅんっ……んぁっ、あっ、や、そこ、だめですっ……あっ、あっ、あんっ、あんっ、んんっ！」

「乳首が尖ってきているぞ。そんなに気持ちよくなってきたのか？」

「ち、違いますっ！　これは、んんっ、魔素を吸って……身体が興奮状態に、んんっ、あるからです。はぁ、はぁ……あなたに犯されて、感じているわけでは……んっ、んっ、んんんっ」

「事実を受け止めると言ったそばから言い訳か？　さっきから俺の耳には、君の喘ぎ声が聞こえているんだがな」

「っ⁉　そ、そんなはず……んぁっ、ふぁぁぁぁっ！」

俺が勢いよくチンポを突き上げると、リリアンヌは顎を持ち上げ大きく目を見開き嬌声を上げる。さらに激しく突き上げると、乳房を揺らしながら何度も喘ぎ声を漏らした。

「ひぁっ、あっ、あっ、あぁんっ！　だ、だめぇっ、んぁっ、あんっ、んんんんっ！」

リリアンヌは身を強ばらせ、再び目と口をぎゅっと閉じる。自覚した羞恥心を頭の中から追い出すのは難しいだろう。俺は抽送する速度を下げ、じっくりと深いストロークに切り替えていく。

「口を閉じて喘ぎ声を出さないようにするつもりか。現実から目をそらすな、リリアンヌ。君は既に快楽と絶頂の心地よさを味わっているはずだ。俺に抱かれ、犯され、喘がされ、射精で肉悦の頂点に流されていっただろう？」

「し、知りませんっ！　そんなこと、あなたに分かるはずがないでしょう！」

「あんなに気持ち良さそうな喘ぎ声を聞かせておいて、イッていないと言うのか？　冗談だろう？」

「イ……イッて？　そ、それは……んっ、んんっ」

「絶頂することをイクというんだよ、姫様。本当に君は何も知らないな」

「わ、私は一の姫です……んっ、んくっ、くふぅっ……魔物の脅威から、国を守ることが……んっ、んんんっ、使命、ですから。夜伽の話など、まだ早いです……んっ、んぁっ、ふぁっ、はぁ、はぁっ……」

魔素による興奮と羞恥に蝕まれたリリアンヌの身体は、俺がチンポをねじ込めばねじ込むほど火照っていく。必死に押さえ込もうとしていた声も次第に唇が開き、熱い吐息を吐きかけていた。ならば、そろそろラストスパートといくか。

「んぁっ、あっ、ひぃぃぃぃっ！　はひっ、ひっ、ひんっ、ひんっ、んぁぁぁぁっ！　そんなに激しくっ、んぁっ、あっ、んんんんっ！　だめっ、だめですっ、声が……抑えきれないっ、ふぁぁぁっ！」

掴んだ足を上下に揺らしながら腰を打ち付けると膣襞が一気に締まり、肉悦が脳天を打つ。その快感に身体がさらに滾り、俺は欲望に任せて腰を振り続ける。

「んぁっ、あっ、あぁぁぁっ！　だめっ、お腹の中、かき回されてっ、はひっ、ひっ、いや、こんな声……出したくないのに……んぁぁぁぁっ！」

「もっと乱れろ、リリアンヌ。愛液を垂らし、喘ぎを漏らし、肉欲と堕落に溺れるがいい」

「い、いやですっ！　わ、私は剣姫……んぁっ、あっ、んんんっ！　魔物を打ち倒し、魔王を……ふぁっ、あっ、あんっ、あんっ、あぁぁぁぁっ！」

リリアンヌをさらに壁へと押し付け、乱暴に膣内を荒らす。チンポを深く押し込み、そのまま何度も彼女の身体を押し上げた。

「あふっ、ふぁっ、んぁっ、んっ、うぅぅっ！　だめ、耐えなければ……んぁっ、あっ、んっ、くぅぅっ！」

俺の突き上げに長い髪を揺らし、艶めかしく踊るリリアンヌの姿は、卑猥であると同時に不思議と気高さを覚える。その高貴な存在が俺の手で淫らに乱れ、貶められようとしていることに、どうしようもなく興奮した。

「耐えられるものなら耐えてみろ、リリアンヌ！　君は俺には勝てない。それを思い知らせてやる」

「だめっ、中にっ、中に出さないで下さいっ！　ひっ、ひっ、ひぃんっ！」

「いいや、たっぷり中に出してやる！　この前のように淫らなイキ顔を晒すがいい！」

「やっ、いやっ、いやぁぁぁぁっ！　あっ、あっ、あっ、イッ、イクっ、イクっ、イクぅぅぅぅぅぅぅっ！」

どぴゅるるるるるるるっ！

下半身が大きく脈動し、リリアンヌの胎内へと精液を解き放つ。彼女の身体が激しく震えあがり、同時に膣がきつく収縮してさらに精液を搾り取る。何度目かの射精の後、欲望の昂ぶりはゆっくりと収まっていった。

「はっ、はっ、はぁっ、はぁっ、はぁっ……はひ、ひぃ、ひぃっ……」

「お前のイキ顔、確かに見せてもらったぞ。実にいい表情だった」

「う、うぁ、うぅぅ……っ、どうして、こんな……」

肩で息をしながら、絶頂の余韻に涙する剣姫。全身を弛緩させぐったりするリリアンヌの顔は、実に魅力的だった。

◆

四人の姫が中央に到達したことでベルナールとその後の方針を話しあっていた頃、パウラはツヴィンガの中層にいた。上層と比べると一段と暗く、陰湿な雰囲気が辺りを漂っている。事実、魔素は上層よりも濃くなっていた。

「ルシアナ様、起きていらっしゃいますでしょうか」

「ん……んん？　おお、パウラか。ちょっと待て……ふぁぁ」

パウラ以外に誰もいない空間に、幼い少女のような声が響く。パウラはそれに動じる様子もなく、静かに佇む。

「うむ、では報告を聞こうか」

「はい。四人の姫とヴィオーレは順調に魔素を吸収して成長しております。本日、中層へと降りる予定でございます」

「うむ、余の半身が順調に回復していることは、なんとなく感じておった。ベルナールめ、思ったよりやるではないか。やはり奴も男ということよの。しかし……なんじゃな、やはり声色を使わずに済むのは気楽だな。あれはボロが出ないようにと気を遣う」

ベルナールに声を聞かせるときは、威厳を保つために声色を変えていたのだ。

「先日、ボロを出していらっしゃいましたね」

「そ、そんなこともあったかの……。まあよい、バレたらバレたでそのときよ」

「ご面倒であれば、今からでも正体を明かせばよろしいのではありませんか？」

「えー、それだと余が負けたみたいではないか。恋愛でも身バレでも、先に口にしたほうが負けなのじゃ」

「左様でございますか」

パウラには微塵も理解できないが、とりあえず流しておく。

「じゃが、まだ足りぬ。ベルナールにさらなる発破をかけ、姫を辱めその興奮と快楽を余に捧げるのじゃ」

「かしこまりました。ですが、ひとつ不安な点がございます」

「ベルナールの成長がいまいちで、このままでは負けるかも……ということじゃろ？」

「そのとおりでございます」

「まあ仕方あるまい。奴らは精鋭、対してベルナールは戦闘経験など皆無じゃろうて」

ベルナールがヴィオーレ使いと戦えるのは、ひとえにパウラから注がれた魔素によるものだ。魔素はベルナールの肉体に影響を及ぼし強化すると同時に、戦闘知識を無意識に植え付けている。とはいえ、知識はあくまで道具にすぎず、それを扱う者によって道具が腐るか輝くかが変わってしまう。

「いかに奴が凡庸とはいえ、余の協力者としてベルナール以外に価値のある者などおるまいて。なに、中層になればより魔素も濃くなり、ヴィオーレ使いの侵食もより早く進むであろう。そこは立地をうまく使うしかないな。あとはパウラ、お主がうまいこと奴をその気にさせてやれ。男は美女の応援に弱いと相場が決まっておるからの」

「かしこまりました」

「そういうわけで引き続きよろしく頼む。ふぁぁ……まだ眠いの……余はもう少し眠ることにする」

「はい、お休みなさいませ、ルシアナ様」

パウラはうやうやしく一礼をすると、静かに顔を上げる。ちょうど、ベルナールが彼女を呼ぶ声が聞こえた。パウラが目を閉じると、その姿は一瞬にしてダンジョンの中から消え去るのだった。

第三章　中層　渦巻く欲望

中央のゲートを開く方法を俺から聞いた姫達は、早速ツヴィンガ攻略に向かっていた。そして俺は、パウラを連れて中層にやってきている。四人が中層にいけるレベルになった以上、上層で迎撃する意味はない。

「久しぶりの中層はさすがに堪えるな……」

ツヴィンガの管理の関係で訪れたことはあるものの、あまりの魔素の濃さに吐き気を催し、すぐに撤退したことを思い出す。あのときのように吐き気を催したりはしないが、長時間の滞在は身体に悪そうだ。

「ベルナール様、いつもどおり始めましょう。今すぐ始めましょう」

「お前、今日はいつもよりやる気だな……。むしろ、そんなにグイグイこられると怖いぞ」

「怖くなどありません。パウラはいつもベルナール様の身を案じ、誠心誠意？　努めております」

「お前、今誠心誠意の言い方が怪しくなかったか？」

「気のせいではないかと。なにより、早く魔力を享受していただいたほうが御身のためかと」

確かに、ロクに潜る準備もせずに来ている以上、あまり馬鹿話で時間を浪費するのは良くない。俺はため息をつきつつも、パウラを抱くことにした。


「ぐっ……相変わらずお前のマンコはきついな……って、おい⁉」

床に仰向けになったパウラに挿入すると、パウラは足で俺に抱きついてきた。ぐいと引き寄せられ、さらに深くねじこんでしまう。

「何をのんびりしているのですか。もっと深く挿入して下さい」

「あのな……そういう風情のないことを言うな。萎えるだろうが」

「萎えますか？　そうですか……それはいけませんね」

そう言いながら、パウラは足で俺の背中を押し、ぐいぐいと自分に引き寄せようとする。さして力はないので効果は薄いとはいえ、積極的に求められるというのは悪くない。俺はパウラに促されるまま、チンポを押し込んでいった。

「んっ……以前はまず勃たせなければいけなかったというのに、今では立派に勃起するようになりましたね」

「これだけやれば、身体が勝手に覚えるからな。言っておくが、お前の身体を見るたびに反応してるわけじゃないからな？」

「そうですか。毎日、パウラと目を合わせるたびにセックスのことを妄想して興奮していただけているものと信じていたのですが」

「確かにお前はいい身体をしているが、俺もそんなに若くないからな」

まあ、俺が若がえっているときなら股間が反応していたかもしれないが。

「今からでも遅くありません。盛りのついたサルのように、パウラめを犯し尽くしていただければ」

「これのどこが犯していることになるんだ……。それに、これから姫と一戦構えるのに、体力を使い果たすとか無謀だろ」

そう言いながら、俺はゆっくりと抽送を始める。パウラの膣は敏感に反応し、細かい膣襞で俺の肉竿を扱き始めた。

「確かに……。申し訳ありません、配慮が足りていませんでした。ではお詫びとして身体でお支払い致します」

パウラはお腹に力を入れたのか、膣の締め付けがまたきつくなった。彼女の基準がセックス中心になっていることに、さすがに笑いがこみ上げてきた。

「まったく……いつもながらおかしな奴だな。だが、マンコの具合はいいぞ」

愛液まみれの膣はとても温かく、ちゅくちゅくと卑猥な音を立ててチンポを舐め回してくる。リズム良く収縮する膣が竿全体を扱き、快感が背筋を駆け上がってきた。

「お褒めにあずかり光栄です。パウラめはそのための人形ですので」

相変わらずの無表情で返してくるものの、いつもより膣の締め付けが強い気がする。それに濡れ具合もいつもよりは少し多めな気がした。

「あ……ん、んんっ……」

「ん？　何か言ったか？」

「いえ、何も。中層を徘徊するモンスターの遠吠えではないでしょうか？　んっ、あ……あふ……んっ、ふぁ、はふ……」

「パウラ……お前、もしかしてもう感じているのか？」

「は？　パウラが感じている、ですか？　ご冗談を……」

俺が胸を軽く揉むと、パウラは少し口を開けてため息をつく。吐息が微かに顔にかかり、少しくすぐったく感じる。

彼女の胸は豊満な上に張りがあり、理想的な弾力を保っていた。エリーゼほどではないが顔を埋めたくなるほどの大きさがあり、俺の手でも掴み切れない乳房は存在感のアピールが大きい。俺は思うがままに乳房を揉みしだき、その感触を味わう。

「んっ、ふぁっ、あふぅっ……。パウラがベルナール様より先に快感に溺れるなど、あるはずがありません。気のせいでしょう」

そう言いながら、パウラはさらにきつく膣を締め付けてくる。その快感に身体は熱くなり、さらにパウラを貪りたいという気持ちが高まってきた。

「んっ、んっ、くふぅ……っ、んっ、んんんっ……」

俺が乳房を揉みながら深く腰を突き入れると、僅かに口が開いて熱い吐息が漏れる。だがすぐに閉じてしまい、表情を殺しにかかる。まるで、何も感じてませんアピールをしているかのようだ。

「お前がそういうつもりなら、こっちにも考えがあるぞ？」

「ベルナール様の仰ることの意味が分かりませんが、受けて立つ所存です」

こいつ、あくまでシラを切るつもりか……だったら、是が非でも感じていることを自白させたくなってきた。いつもなら淡々と快感を貪るだけの行為だったが、妙に使命感が湧き上がってくる。

「んっ、んぁっ、くふぅっ……んっ、んっ、んんんっ」

「お前のマンコ、いつもより濡れてるじゃないか。そんなに感じてるのか？」

「いえ、いつもどおりでございます。ベルナール様を差し置いて快感に溺れるなど滅相もない」

「そんな忖度いらないから。それに、俺だって十分気持ちいいんだ。なにより、お前も気持ち良くなっているほうが俺も興奮する。好きなだけ乱れてくれ」

俺がそう言った瞬間、膣の収縮が一気に加速した。

「んぁっ、あっ、あぁぁぁぁっ！　ふぁっ、んぁっ、んんんんっ！　こ、これは一体っ、ふぁっ、あっ、あっ、あぁんっ！　パウラは、感じていたのですか？　そんな、こんなに、身体が熱く……ふぁっ、あっ、あぁんっ！」

「くぅぅぅっ！　まったく、変なところに制限がかかってたんだな。ほらみろ、こっちのほうが断然いいじゃないか」

脳内で弾けるような爆発的な肉悦に、激しくチンポをねじこむ。パウラも顔をそらして喘ぎ、足で俺の胴体を締め付けてきた。

「ひぅぅぅっ！　乳首っ、吸われてっ、ふぁぁぁぁっ！　なんという快感っ……んぁっ、あっ、あぁぁぁぁっ！」

「ぐっ……！　今のお前は今までで一番いいぞ！　もっと淫乱になったお前を味わわせてくれ」

目の前で俺の抽送に悶えるパウラを見ていると、歳を取って摩耗していた嗜虐心《しぎゃくしん》や肉悦がどんどん甦っていくのを感じる。もっと女を貪りたい、自分のモノにしたいという欲望が湧き上がってきて、その気持ちをパウラにぶつけていく。

「んぁっ、あひっ、ひぁぁぁぁっ！　ベルナール様っ、激しいですっ、マンコの中でチンポがまた大きくっ……うぁっ、あっ、あぁぁぁっ！　逞しいチンポがこんなに暴れてっ、奥まで突き刺さっていますっ！　はっ、はっ、んぁっ、あくっ、くぅぅぅっ！」

「くぅぅっ！　お前もまたきつく俺のチンポを扱いてくるじゃないか。ぐっ、うぅぅっ！」

肉欲が一気に高まり、一瞬でも気を抜くと射精してしまいそうになる。少しでも長く味わいたいという気持ちが脳裏を過ぎるが、本番はこのあとに残っていることが脳裏を過ぎった。

「くっ、もったいないがそろそろ出すぞ！　受け取れ、パウラ！」

「いつでもどうぞ！　パウラめのマンコに、子宮にたっぷりと精液を吐き出して下さい！　んぁっ、あっ、あっ、あぁぁぁっ！　……はっ、はっ、あっ、あっ、あぁぁぁぁぁぁぁっ！」

びゅるるるっ！　どぴゅるるるるるるっ！

パウラは強く目を閉じ、大きく口を開けて嬌声を上げる。マンコが強くチンポを締め付けながらも奥へと引き込もうとし、その快感に抗うことなく射精を続けた。

「あっ、あっ、あぁぁぁぁっ！　パウラが、イクっ、イッてしまいますっ、ふぁっ、あっ、あぁぁぁぁぁぁぁっ！」

パウラが小刻みに肩を震わせながらイク様を目にしつつ、俺は欲望を吐き出していく。吐き出されていく欲望の代わりに、身体に熱い何かが流れ込んでくる気がした。これが恐らく魔王の魔力なのだろう、俺は絶頂しながらも脳裏でそんなことを考える余裕が生まれていることに気づく。

「んぁっ、あっ、あひぃぃぃぃぃっ！　まだっ、射精がっ、あっ、んぁっ、ふぁぁぁぁぁあっ！　ベルナール様っ、パウラはっ、またイッてしまいますっ！　お許しを……あっ、あっ、んぁぁぁぁぁっ！」

「そんなもの、俺に許しを請う必要はないぞ。好きなだけイクといい。俺も好き勝手に出させてもらう！」

「では遠慮なくっ、んぁっ、あっ、あひぃぃぃっ！　イクっ、イクっ、イクイクイクぅぅぅぅぅぅぅっ！」

長い絶頂を最後に、俺の肉欲は少しずつ落ち着いていった。とはいえ、肉欲が消えたわけではなく、残り火のように胸の内でくすぶっているのを感じる。

「はぁっ、はぁっ……魔力の充填、完了でございますね……」

「ああ、そうらしいな……力がみなぎっていくのを感じる」

俺は荒い息をつきながら、肩を大きく上下させて乱れるパウラを眺めるのだった。


若返ったのを確認してから、獣人族の姫・フィオレの元へと歩みを進める。中層に降りてきたのは魔力で確認しているので、待つ必要もない。中層に慣れるために入り口近くで様子見するように言っておいたのを忠実に守っているようだ。

彼女の姿を認めると、俺は大仰な手振りで声をかけた。

「精が出るようで結構なことだ、槍姫」

「くっ……トレイトル！　私のところに現れたんですね」

「君が俺を求めて、さ迷っているのが見えたのでね」

「できれば、この魔素に慣れるまで出会いたくなかったんですが……仕方ありませんね」

フィオレは魔槍グングニルを構え直し、その切っ先を俺に向けた。槍というには切っ先があまりに大きく、長く、禍々しい。その上双方に槍がついているせいで、振り回すだけでも相当な凶器だ。

「随分と殊勝になったじゃないか。もうがむしゃらに突っ込んではこないのか？」

「あなたが隠している目標を達成するか、その前にわたしがあなたを殺せるか……そういう勝負のようですから」

長引かせるほど不利になるのを分かっているのか、フィオレは自ら攻めに転じてきた。巨大な槍の重量感をものともせず、鋭い突きが襲いかかる。シールドを張りつつ回避するものの、そのシールド自体がいとも簡単に破壊されてしまった。

「おっと、中層に来るともうこんなに威力が上がるのか。これは警戒せねばならんな」

「何をわざとらしいことを……一体何を企んでいるんですか！」

今度は槍を風車のように回転させながら攻めてくる。両端に長い刃のついたグングニルは、振り回すだけでも相当な凶器だ。その上下手に防御できないとなると、やっかいこの上ない。

俺に利があるとすれば、フィオレの本来の戦闘スタイルがカウンターということだ。相手の動きを後の先を取って押しとどめ、その隙に強力な一撃を見舞う……反応力の高い彼女ならではの戦い方が、今回はなされていない。

「おっと危ない。このままでは本当に追い詰められてしまいそうだな」

「いつまで逃げるつもりですか？　もう壁際ですよ！」

　俺の背中が壁に触れたのを見て、フィオレは一旦攻撃の手を止める。俺が下手な動きをすれば突く、いつもの戦法に変えたようだ。ならば、俺も動かなければいいだけの話。

「んっ……はぁっ、はぁっ、くっ……」

　ほどなくして、フィオレの唇から吐息が漏れ始めた。あれほど激しく動いたあとなのだ、たっぷりと魔素を吸って限界が近くなっているはず。その上、ここは慣れていない中層——魔素は濃く、上層よりも早く魔素を大量に摂取してしまう。

「くっ、時間がありません……！」

「いや、既に君の負けだよ、フィオレ姫」

　痺れを切らして突きの一撃を放とうとしたフィ

オレに、自ら接近し槍をかわす。精彩を欠いた彼女の一撃ならば容易にかわせる。素早く密着すると、そのまま彼女を抱き寄せ唇を奪った。

「んんっ、んむぅぅぅぅっ！」

ガラン、と音を立ててグングニルが手から滑り落ち、床に転がる。唇を塞いだまま魔槍を蹴り飛ばし、抵抗しようとした腕を掴む。もう片方の手で俺を押しのけようとはしているが、その力は弱い。

「ぷはっ！　はっ、はっ……わたしの初めてだったのに……」

「ははは

っ！　既に処女を奪われているのに、まだそんなことで傷つくのか。なかなか純情な姫だな」

俺の嘲笑にフィオレは眉をつり上げ睨んでくるものの、その顔はすっかり赤くなっている。震える身体は既に快感を強く覚えていて、隠せなくなっているようだ。俺はフィオレの胸の衣装を掴み、そのまま乱暴に押し倒した。

「きゃぁぁぁぁっ！」

衣装が裂け、ふくよかな膨らみが姿を現す。慌てて隠そうとしたフィオレの手を振り払うと、さらに股間の前掛けと下着を引き裂いて足の間に割り込む。フィオレはもう抵抗できないのか、身体を小さく震わせながら恥辱に頬を赤らめていた。秘裂は既に濡れ、愛液が滴り落ちている。やはり既に濡れていたか……。どうやら、獣人族は他の種族よりも感じやすいらしい。ならばと彼女の上に覆い被さり、チンポを乱暴に秘裂へとねじ込んだ。

「ひぁぁあめぁぁぁぁぁっ！」

「もう大洪水じゃないか、フィオレ」

「言わないで、くだ、さいっ……あ、あぁ……！　だめ……やっぱり、気持ち、いいっ！　あ、はっ、んっ、んんっ……！　はっ、前よりっ、強くなって、るっ……どうしてぇ……！」

中層の魔力がフィオレの性感にも強く作用しているようだ。突き入れると出迎えるように膣の上壁がまとわりつき、カリカリと亀頭をこすり上げてくる。

「はあっ、ひっ、い……！　そ、そんなにこすらないでっ……やっ、いやっ……すぐに、気持ちよくなっちゃうからぁっ……！」

身体はすでに快楽に負けていても、抗うのをやめるわけにはいかないのだろう。食い下がるように必死に快楽を耐えようとする、そんなフィオレの表情を眺めているのも面白い。

「あぁぁぁっ……だめえっ！　あ、あ、あ、あっ、やっ！　あっ！　あう、あ、あぁぁっ……だめえっ……！」

「君の『ダメ』と『イヤ』は、本当に俺のチンポに心地いいな……実はわざとやっているんだろう？」

「ちがっ、違い、ますっ……ほんとうにっ、いや、なんだからあぁっ……！　やぁぁっ……！」

確かに嫌がってはいるのだろうが、それを信じるのは難しい。それが魔素の強さであり、

獣人の持つ淫性なのだろう。

「ふぁぁんっ……！　ど、してっ、こんなっ……あっ、やっ、だめえっ……そこ、こすらないでええっ……！」

フィオレは自分から弱点をさらけ出す。言葉にしなければ流されてしまうのだろうが……滑稽《こっけい》なことだ。

「やぁぁっ！　だめっていったのにぃっ！　ん、ぉ……あぁぁっ……！　だめっ、勝手におまんこが、ぎゅってて、締まっちゃうよおっ……！」

口にすることで「自分がやっているわけではない」と俺に伝えたいのだろう。

とはいえ、彼女が感じているという事実は変えられない。いやいやをするように首を振るフィオレ。だが、身体が完全に降伏している以上、心がいつまでもそれに抗えるものでもないだろう。

「ふあっ、あっ、あっ、あっ……！　や、あ、あ、あ、あっ……！　そんな、にっ、あっ、かきまぜたらあっ……！　あぁっ、あ、あぁぁっ……！」

「何だ、もうイくのか？　締めつけがキツくなってきたぞ！」

「う、あぁっ、イカないいっ……！　まだっ、ひうっ……！　ま、らぁっ、イカないんらからあぁっ……！　う、うぅぅっ……！」

震える声を絞り出しながら、しかしその声が悦びに満ちあふれている……どうやら、そろそろ一回目の絶頂か。

「くくっ、遠慮するな……そうだな。君がイッたら、それにあわせて射精してやる」

「やっ!?　だ、だめぇぇっ、中出しはいやあっ！　いやぁっ、イヤなのおぉぉっ！」

言葉に反して、フィオレはさらに強くチンポを締め付けてくる。まるで離さないと言わんばかりの食いつきぶりだ。さらに彼女の足がギュッと腰へまとわりついてきた。

「くくっ、どういうことだ？　よほど俺のチンポを逃したくないようだな！」

「あぁっ、らがうぅっ、ちがうぅぁぁっ……！　あひっ！　やぁっ、も、イッちゃううぅっ……！」

「そうか……なら、思い切りイクがいい！」

下半身でしがみついてくるフィオレに、俺は容赦なく腰を打ち付けていく。膣はとどめとばかりにぎゅっと締め付けてきた。ここぞとばかりに奥まで突き入れ、欲望を吐き出した。

「やぁぁぁぁぁぁぁぁぁぁぁぁぁぁぁぁぁぁぁっ！」

フィオレの膣内に勢いよく射精すると、フィオレは大きく口を開けて泣き叫んだ。言葉とは裏腹に、彼女の表情はだらしのない悦びに満ちている。

「うぁ……あ、あ……膣内でっ、また、硬くなってぇ……！」

嫌がるフィオレの胎内を、俺の精液でいっぱいに満たす……そう考えるだけで、すぐにチンポが硬くなってくる。射精を続けながら身体を揺すり立てると。フィオレが絶望的な喘ぎ声を上げた。

「ああ、う、ううぅ……だめぇ……！　あぁ、あたまがぁ、真っ白に、なっちゃううっ！」

うっとりとされるがままのフィオレに、俺はある命令を耳元でささやいた。

「どうだ……？　これが言えたら、好きなだけお前の中に精液を注ぎ込んでやるぞ」

「う、あ……そんな、汚らわしいことぉ……わ、わたしぃ……あ、あぁっ……」

「そうか？　だったら、セックスはここでやめてお前を殺すだけだがな。ヴィオーレは回収不能になり、お前はもうこれ以上先に進むことも、気持ちよくなることもできなくなるぞ……」

「ふぁ……あ、あぁ……やぁ、やらっ、やらぁぁ……！」

朦朧《もうろう》とする中、フィオレが首を振っていやいやをする。だが、その意味は今までと正反対だ。

「いぃ、言いますうっ！　わぁ、わらひわぁっ……な、膣内出し大しゅきなぁ、獣人のひめれすうぅっ！　フィオレのどろどろおまんこにいっ、とれいとるひゃまのっ、濃厚っ、ザーメンをぉ……おにゃかいっぱいっ、しょしょぎこんれくらひゃあいぃっ……！」

「いいだろう、俺に感謝して最後の一滴まで受け止めろ！」

「ああ、あ、あぁ……！　ざーめん、あぁ、ありがひょ、ごらいましゅ……！　あ、ああ、くらしゃいっ、おにゃかにいっぱいいっ……！　あ、あぁっ、ふぁぁぁぁぁぁぁぁっ！」

胎の奥の奥で俺の射精を受け止めるフィオレ。その表情にはうっとりとした陶酔が見て取れる。余韻の射精を十分に楽しんでから、俺がフィオレの膣内からチンポを引き抜くと、フィオレはまた小さく身を震わせた。

「んうっ！　あ、あ……あぁ……ぉ……」

「幸せそうで結構なことだ。俺も注ぎ甲斐がある」

「あ……わ…………」

フィオレは何も答えない。快感の余韻が抜けるまではしばらく何もできないだろう。俺は魔物達に彼女に近づかないよう命令してから、その場をあとにするのだった。


姫達が帰ってくる前に教官室に戻り、その帰りを待つ。日も暮れ始めた頃、ようやく三人が姿を現した。

「なるほど……フィオレ姫は中層でトレイトルと戦ったのですね」

「ええ。かなり消耗してたから部屋に連れて行ったわ。ほんと、あいつは何を考えてるのかしら」

セレスティアはポニーテールを小さく揺らしながら、つぶやくように言葉を紡ぐ。その拳も震えていて、怒り心頭なのが見て取れた。

「フィオレ姫は大丈夫なのでしょうか？」

「フィオはいつも気弱な感じだけど、姫としての責任を放り出すような子じゃないよ」

「そうですか……。エリーゼ姫の言葉を信じましょう」

「……それにしても、中層の魔素は予想外に濃かったですね」

「肌がひりつく感じが、ツヴィンガに初めて入ったときのことを思い出させたわ。でも、あれにも慣れないと下層になんて行けないわね」

「だよね。でも、逆に魔素があれだけ濃ければ、ヴィオーレの覚醒段階も上げられるでしょ？」

「覚醒段階？　ヴィオーレには何重にも封印がかけられていることは知っていますが、それと関係があるのですか？」

「その封印を一時的に解除し、力を引き出すのが覚醒なの。変身は第一段階。さらに力を引き出すには、私達自身がヴィオーレに飲まれないくらいの力が必要なのよ」

なるほど……姫が敗北しても心が折れなかったのは、覚醒段階という奥の手を残していたからか。それはそれでありがたくない話だ。今でも決して楽に勝っているわけではないというのに、一気に強くなられては命を奪われかねない。

「教授、どうかした？」

「ああいえ、なんでもありません。本格的な攻略は明日以降になると思います。今日はご苦労様でした、ゆっくりお休み下さい」

「はい。それでは失礼いたします」

リリアンヌが退室するのを皮切りにふたりの姫も部屋をあとにする。

他の姫の相手もしつつだが、やはり俺のメインの狙いはリリアンヌだ。最初に襲ったのが彼女ということもあるんだろうが、四人の中でも最も清楚な彼女を穢すことができると思うだけで股間が反応してしまう。これからが楽しみだな……。

「でやぁぁぁっ！」

中層をうろつくモンスター、トロルがリリアンヌの一閃に打ち伏される。巨体が床に叩きつけられ、地揺れこそないものの衝撃が空気を伝わってきた。

「お見事。さすがに中層まで来れるだけのことはある」

俺は拍手とともに彼女を迎える。リリアンヌは驚くことなく、ゆっくりと俺のほうへと振り向いた。

「トレイトル……そろそろ来る頃だと思っていました」

「ほう……君が俺を待ちわびていたというのなら、待たせて済まないと言うべきだったかな？」

リリアンヌが大きく素振りをすると、衝撃波が壁に激突してダンジョンを揺らす。上層よりも明らかに威力が上がっているな……。だが、かわしきれないほどじゃない。

「冗談に実力行使で返すのは、あまりエレガントとは言えないと思うのだが」

「そうですか？　これでも私はあなたをダンスに誘っているつもりなのですが」

「いいだろう、ならばその誘いに乗るとしよう」

覚醒段階が上がったらしいが、どこまでのものか分からない。いつもどおり距離を取りつつ様子を窺う。

「今日は時間稼ぎなどさせませんよ？」

リリアンヌは姿勢を低くして走り出し、俺もシールドを張りながら後退し、魔法弾を放って牽制していく。リリアンヌは魔法弾に怯むことなく切り裂き、スピードを落とすことなく間合いを侵略してきた。

キンッ！　カキンッ！

ダインスレイブの剣をシールドが弾き、甲高い音が何度も響き渡る。威力がどれだけ上がっているのか試しているのか、それとも何か意図があるのか。そんなことを考えていると、剣の圧が急激に高まった。リリアンヌは大振りの一撃を加えると、弾かれた勢いにあわせて剣を高く掲げる。

「我が一撃を以て魔を切り裂け！　奥義、リュミエール・ペネトラン！」

ゴォォォォォォォッ！

今までとは比べものにならない風圧を伴い、魔の光が振り下ろされる。瞬時に回避を選択し、体勢など気にせず横に飛ぶ。ダンジョンが激しく揺れ、空気を引き裂くような音とともに衝撃波が襲いかかってきた。

「ちっ、それが君の奥の手というやつか！」

「くっ……かわされましたか！」

必殺の一撃は彼女にも反動があるのか、こちらに向かって追撃に来ようとするが身体がふらついている。さすがに連発はできないらしいな。すぐさま魔法弾を放って動きを牽制し、今度はこちらから接近する。

「くっ、仕掛けてきた⁉」

「いつまでも逃げると不評を買うらしいからな。それに、ダンスに誘われた以上は君の腰を抱き寄せなければな」

魔力を込めた拳を打ち込み、着実にダメージを与えていく。まだ反動に苦しんでいるのか動きは悪い。このまま押し切る！

「どうした？　もう息切れか？」

「私はまだ戦えます！　でやぁぁぁっ！」

焦りを覚えたのか、不用意に隙のある一撃を繰り出してくるリリアンヌ。俺は剣閃をかわし、彼女のお腹に拳を打ち込んだ。

「がはっ！　あ、ぐぅ……っ」

細い彼女の身体がくの字に曲がり、端正な顔が痛みに歪む。立て続けに回し蹴りを放ち、壁まで吹き飛ばした。

「はっ、はっ、ぐっ……ここまで、ですか……」

「勝負あったな。君の目算では俺を倒すつもりだったのか？」

「……あなたは、どうして私を殺さないのですか？」

「なんだ急に？　以前にも言ったとおり、いい女は抱きたいという欲望を叶えるためだ」

「……理解できませんが、あなたに私を殺すつもりがないということは、今までの行動で分かりました」

彼女は一体、何が言いたいんだ？　俺が怪訝《けげん》な顔をした瞬間、リリアンヌは急に踵《きびす》を返して走り出した。自分の成長を加速させるために深部まで突入し、俺と戦闘になっても不利と分かれば背中を向ける。今までの引くわけには行かないというプライドを捨て、実を取りに来たというのはなかなか彼女にしては英断だろう。

「だが、その判断をするには少し遅すぎたな」

あそこまで息が上がっている状態では、満足に走ることはできない。すぐに追いつくと、握りしめている剣を蹴り上げた。即座にダインスレイブを回収しようとしたリリアンヌに回し蹴りをして反対側に吹き飛ばす。

「あぐぅっ！」

床に身体を叩きつけられ、何度も転がりようやく止まる。立ち上がろうとするものの、疲労と痛みで身体を起こすのもままならないらしい。

「まったく、そんなところで大胆になるとは思わなかったぞ」

逃げようとするリリアンヌを掴むと、その身体を乱暴に引き起こした。

「あぁっ！　や、やめ……きゃぁぁぁぁっ！」

リリアンヌを抱き上げて背後から衣装を引き裂くと、露わになった乳房を乱暴に掴む。彼女は俺の腕の中で大きく震えあがり、可愛い悲鳴を上げた。

「形の良さは前から分かっているが、こうして後ろから揉むとより乳房の良さが伝わってくるな」

「何を馬鹿なことを！　んっ、んくっ、ふぁっ、んくぅっ……えっ、ひぃっ⁉」

小さく喘ぎ声を漏らしながら反論していたリリアンヌは、足元を見ると小さく悲鳴を上げて身をすくませた。

「あ、う、うぁ……っ！　や、やめ……来ないで……」

床を這いながら近付いてきた触手がブーツに巻き付き、彼女の股を開かせた。蛇を思わせる姿に気付いたのか、リリアンヌはいやいやをしながら後ずさろうとする。だが、俺に抱き上げられた状態で逃げられるはずがない。

「なんだ、触手が嫌いなのか？　それなら今後は触手で取り囲めば楽に勝てそうだな」

「ぐっ……触手を好ましく思う者など、そうはいません！　んぁっ、んっ、んくっ、んんんっ」

緩急をつけて乳房を揉みしだくと、艶めかしいため息が何度も漏れ出る。肌はなめらかで乳房は弾力があり、揉めば揉むほど心地よさに肉欲が高まってきた。

「それにしても、さっきは驚いたな。まさか敵に背を向けて逃げ出すとは。姫様のプライドはないのか？」

「ぐっ、くぅっ……んっ、んっ、んぁっ！　はぁっ、はぁっ、あなたには……関係のないことです、んっ、んぁっ、くふぅっ」

「やれやれ、つれないな。さっさと犯してほしいというのなら、お望みどおり俺のチンポをくれてやるとしよう」

「誰もそんなことは言っていませ……ひっ⁉　えっ、そこはまさか……」

俺が亀頭を押し当てた場所の違和感に、リリアンヌの声が震える。青ざめた顔で振り向き俺の顔を覗き見ようとした彼女の身体を、勢いよくチンポに引きずり下ろした。

「がぁぁぁぁぁぁぁぁぁぁぁぁぁぁぁぁぁぁぁぁぁあっ⁉」

自重と俺の引き下ろす力で根元までチンポを直腸内に飲み込んだリリアンヌは、激震とともに絶叫した。姫とは思えない汚らしい悲鳴に、俺の嗜虐心がゾクゾクと震えあがる。

「あ……が、ぎぃっ……そ、んな……ところ、に……ひぎぃぃぃぃっ！」

腰を持ち上げさらに彼女の身体を浮かせると、肛門がきつく肉竿を締め付けてくる。そこで素早く腰を引いて抽送を始めると、リリアンヌの苦悶の悲鳴が何度も上がった。

「あがっ、ぎっ、ひぃぃぃぃぃっ！　はぁっ、はぁっ、や、やめ……そこはっ、んぐっ、んぁぁぁぁぁぁっ！」

「チンポを入れるところではない、と言いたいのかな？　そんなことは百も承知だ。だが、姫を穢すにはいい場所だとは思わないか？」

俺が突き上げるたびに剣姫の身体が大きくのけぞり、苦悶の絶叫が上がる。チンポは膣とは違って根元がきつく締め上げられ、いつもとは違う快感に興奮が高まった。

「はっ、はっ、んぐぅぅぅぅぅっ！　こんな、不浄の……んぐぅぅぅっ！　辱めを受けるなんて……ぎぃぃぃぃぃぃっ！」

「敵前逃亡するようなプライドのない姫に、そんな辱めなど気にする必要はないだろう？」

「それとこれとは……ぐぅっ、わけが違いますっ！　強く……なる、ためにはっ……はっ、はっ、ぐぅぅぅぅっ！　時には、引くことも……んぁっ、ひっ、ひぃぃぃぃぃっ！」

彼女の身体を触手に持ち上げさせ、チンポを勢いよく引き抜く。リリアンヌの身体が大きく震えあがり、髪が大きく舞った。

「引くとはこういうことかな？　次は一気に押し込むぞ」

「や、やめ……があぁぁぁぁぁっ！　はひっ、ひっ、ひぃっ……あ、うぁ、うぅぅぅぅっ」

涙を流しながら絶叫する彼女を犯すのは実に心地いい。うら若い女性を暴力的に犯すという感覚は、背徳感もあって他には代えがたい快感だ。新しい責めで彼女の生の姿をさらけ出させる行為の愉悦は、まるで魔素のように身体に浸透していく。

「よもや、尻穴を犯された程度で心が折れたりはしないだろうな？」

「う……ぐぅぅっ！　当たり前、ですっ！　どんな辱めを受けようと……私の使命は、んぐっ、んっ、貫いてみせます！」

声を絞り出すようにして応えるリリアンヌ。その言葉を証明するかのように、歯を食いしばり悲鳴を上げなくなった。腰を持ち上げてチンポをねじこむと、肛門が敏感に反応してきつく締まり、肉悦が噴き上がる。小さく震えて痛みに耐えるリリアンヌを肌で感じ、さらに乳を揉みしだいた。

「乳首が立ってきたな。魔素を吸いすぎて、身体が発情しやすくなってるんじゃないか？」

「ちが……んぐっ、ぎぅぅぅっ！　んくっ、んんっ、はふっ、んくっ、ぅぅぅっ！」

固くなった乳首に触れると、リリアンヌが腕の中で身悶えする。自ら身体を動かすことで腸内のチンポがかき回され、また苦悶のうめき声が漏れた。乳首をこねくり回しながら抽送を繰り返し、リリアンヌの反応を引き出そうとするが、予想以上に彼女が抵抗し、小さいうめき声以外聞こえてこなくなった。

「中層に入ってから随分と成長したようだな。だが、それでは俺がつまらない。もう少し君が嫌がることをしてみようか」

「どんな責め苦でも……んくっ、んっ、んんっ、あなたに頭を垂れることはありませんよ！　んぐっ、んっ、んんんっ」

「ほう、自信があるようだな。ならば見せてもらおうじゃないか、君の覚悟のほどを」

俺の背後から触手が伸び、リリアンヌの股間と口に伸びていく。顔の近くにやってきた触手に、リリアンヌの顔色が変わった。

「な、なにを……いや、来ないで……くっ、いや、やめなさいっ！」

リリアンヌは顔を必死に背け近付いてくる触手に抵抗を試みる。とはいえ、この姿勢で

逃げられるはずもなく、触手がどこに向かっているかに気付いて口を閉じた。

「それで防御しているつもりか？　ならば、それは甘いと言ってやろう」

「んっ、んっ、んんっ……んぁっ、あぁぁぁぁぁっ！　むぐぅぅぅっ！」

目の前の触手に意識を奪われていた彼女には、股間に近付いていた触手にまでは気が回らなかったらしい。秘裂を割り裂きねじ込まれた触手に驚き口を開いたところへ、素早く触手が突撃をかける。

「むぐっ、んぶっ、んんんんんっ！　じゅぶるっ、んぶっ、ぐぶっ、うっ、んっ、んぶぅぅぅぅっ！」

再び必死に首を振りながら泣き叫ぶ彼女の姿に、また興奮が高まる。全身で嫌悪を露わにするせいでねじこんだチンポが激しく擦り上げられ、肉悦が絶え間なくせり上がってきた。

「そうだ、俺は君のそういう姿を楽しみたいんだよ。もっと嫌がり、悶え、苦しんでくれ」

「んぐっ、むぐっ、じゅぶるっ、じゅぶっ、んぐぅぅぅぅっ！　んっ、んっ、れるっ、れろっ、じゅぶるっ、ぐぶっ、うぅぅぅっ！」

触手は乱雑に彼女の身体を何度も突き上げ、悲鳴と水音を引き出す。恐怖に震える肢体を蹂躙《じゅうりん》する触手に負けじと俺もアナルを突き上げ、快感をほじくり出していく。

「んぶっ、じゅぶるっ、んぶぅぅぅっ！　やべっ、やべれぇっ、ひぶっ、んぶっ、れるっ、じゅぶるっ、んぐぅぅぅっ！」

「ヴィオーレ使いもこうなっては形無しだな。触手に犯され怯えながら泣きわめく様は、とても国を背負って立つ者には見えまい」

「んぐっ……んっ、んぅぅぅ……れるっ、じゅぶっ、じゅぶるっ、んぐっ、うぅぅ……わらしは……んぶっ、れるっ、じゅぶるるっ」

叫び疲れたのか、それとも快感に意識が朦朧としてきたのか、悲鳴がうめき声に戻ってしまう。とはいえ、秘裂からは愛液が溢れ、肛門をひくつかせながら悶える彼女は快楽を生み出すには十分な仕事をしている。

「そろそろ快感に抗えなくなってきたんじゃないか？　口もマンコも尻穴も、犯されて気持ちよくなってきたんだろう？」

「じゅぶっ、じゅぶるっ、んぶっ、んぐっ、うぅぅ……そんら、はず……んぁっ、んむっ、れるっ、れろっ、じゅぶるるっ」

頬を赤らめ、弱々しく首を横に振るリリアンヌ。俺が乳を揉みながら固くなった乳首を軽く爪でひっかくと、彼女の身体は敏感に反応した。

「ふむぅぅぅぅっ！　んぶっ、れるっ、じゅぶるっ、んんっ……れろっ、れるるっ、んぶっ、んぶぅぅぅっ！　じゅぶるっ、んぁぁぁぁぁぁっ！」

触手を咥え込んで淫らな水音を立てながら犯される彼女に、俺は容赦なくチンポを突き立てた。この昂ぶりを彼女の中にぶちまけ、俺色に染め上げたいという想いが高まっていく。

「んむっ、じゅぷっ、んぶっ、じゅるっ、じゅるるっ！　んむぁっ、むぁっ、や、やめ……もう我慢できな……んむぁっ、あっ、んむっ、んんんっ！」

「なんだ、俺より先にイキそうなのか？　随分と淫乱になったじゃないか、剣姫」

「わ、わらしは……淫乱になんて……んむっ、んぁっ、じゅるっ、れろっ、じゅぶるっ、んむっ、んんんんっ！」

弱々しく首を横に振って否定しようとするものの、その仕草さえ艶めかしさを感じる。長い髪を揺らし、全身から汗を噴き出しながら、リリアンヌは乱れ、堕ちていく。

「とはいえ、そろそろ俺も限界なのでね。勝手に出させてもらう。イキたければ好きにイクがいい」

「んぐっ、んっ、んっ、んんんんっ！　そんらにっ、早くっ、突かれたらっ、らめっ、らめぇっ、いやっ、んむっ、んっ、んぶっ、んんんんんんんんんっ！」

どぴゅっ、どぷっ、びゅるるるるるるるるっ！

俺がアナルに射精するタイミングにあわせて、触手も彼女の口内と膣内に精液を流し込む。上と下、前と後ろからの三重射精をその身に受け、敗北の剣姫は俺の腕の中で激しく打ち震える。

「んぶぅぅぅぅぅっ！　んぐっ、ごくっ、んぐっ、うぅぅぅぅぅぅぅぅっ！」

息ができずに喉を鳴らしてしまい、胃の中に触手の精液を流し込んでしまうリリアンヌ。

俺は最後の射精を終えると同時に、触手とチンポを剣姫から引き抜いた。

「うぇっ、うぶぇぇぇっ……んぁ、あ、あぁぁ……私、またイッて……あ、あぁぁ……」

「アナルに加えて触手でもたっぷり楽しんでもらえたようでなによりだよ、剣姫」

「あ……う、うぁ……っ、お腹、苦し……んぁっ、はぁっ、はぁっ……」

リリアンヌはまだ意識が朦朧としているのか、反応に乏しい。俺は余韻を楽しみつつ、リリアンヌの乳房を揉み続けた。


「ふぅ……ここに戻ってくるのがだんだん面倒になってくるな」

ショックが抜けきれず呆然としているリリアンヌをダンジョンに捨て置き、教官室に戻ってきて椅子に深く腰掛ける。ダンジョンから戻ると身体の動きがあからさまに悪くなるせいで、自分の衰えを見せつけられるようだ。しばらくすると、ドアをノックしてリリアンヌが入ってきた。

「失礼します。ただいま帰還しました」

「お帰りなさいませ。中層には慣れましたか？」

「…………」

「リリアンヌ姫？」

「……えっ？　あ、はい。すみません、なんでしょうか？」

何か様子がおかしいな……普段であれば悔しさを滲ませながら報告するというのに。そういえば、顔もどこか赤いな……。

「姫、少し失礼します」

俺は彼女に近付くと、額に手を当てる。やはり、熱があるようだ。

「熱があるようですね。報告は後日で構いませんので、今日は部屋に戻ってお休み下さい」

俺が心配そうに言葉をかけたものの、彼女はぼーっとしたままだ。まるで心ここにあらずといった感じだ。

「リリアンヌ姫、聞こえていますか？」

「えっ？　あ、はい……えっと……？」

ぼんやりと俺を見つめる彼女の瞳に、思わず見とれてしまう。無防備に俺をまっすぐ見つめたまま視線を外さない彼女に、思わず引き込まれてしまいそうだ。

「失礼、軽々しく姫に触れてはいけませんでしたね」

そう言って額から手を離すと、意外にも彼女のほうから俺の手を両手で握りしめてきた。

「姫……？」

「あっ！　申し訳ありません、私はなにを……」

慌てて手を引き、胸の前で抱きしめるようにしながら顔を背けるリリアンヌ。初《うぶ》な娘のような恥じらい振りに、思わず股間が反応した。

「申し訳ありません、報告は明日致しますので、今日はこれで失礼します！」

リリアンヌは慌てた様子で出て行ってしまった。いつも優雅さを忘れなかった彼女にしては、随分と乱暴な去り方だな。

「少し追い詰めすぎたか？　いや、とはいえあんなに熱が出るとは……」

「おそらく、ヴィオーレの力に引きずられて、姫の身体に変化が出てきたのでしょう。ツヴィンガを出て変身を解いたあとも、火照りが取れていないのではないかと」

パウラが突然現れ、俺のつぶやきに答える。さすがにもう慣れたが、心臓には悪い。

「これも魔素を取り込んだ弊害……いや、影響といったほうがいいな」

「本人に自覚症状が出つつあるのであれば、こちらからつついてみるのもいいかもしれません」

「何か案がありそうだな。面白い、聞かせてもらおう」

「では、こういうのはいかがでしょうか……」

◆

「というように、現在の結界魔術において……」

目の前でベルナールの講義が続けられる中、リリアンヌはその手を止めたままぼんやりしていた。講義の声は聞こえるものの、頭の中にさっぱり入ってこない。

（これが、ヴィオーレを覚醒させる副作用なのでしょうか……。最近、集中できなくなっている気がします）

講義に集中しようとしているのに、気付けば思考はツヴィンガ内での戦いと凌辱の記憶に蝕まれてしまう。特に、昨日のトレイトルによって受けた恥辱は、リリアンヌの心に深く根ざしていた。

（蛇のようなものにあのような恥辱を受けたのに、私は感じてしまうなんて……。あれほど恐怖と嫌悪感を覚えていたのに、その姿を思い出すだけで下腹が疼いてしまう。私は、こんなにも快楽を覚えてしまったの？）

同じヴィオーレ使いの三人も同じように苦しんでいるのかもしれないが、リリアンヌ自身から誰かにそんな相談をする勇気はなかった。そのことを口にすれば、自分が如何にただれた存在になっているかを証明するようなものだ。

「リリ、大丈夫？　昨日、調子を崩してたんでしょ？　無理しないほうがいいわよ」

「大丈夫です。ご心配、ありがとうございます」

この講義ではいつもセレスティアが隣にいる。同じヴィオーレ使いのせいか、リリアンヌの機微に敏感なのはありがたい。彼女であればリリアンヌの相談にも笑うことなく応えてくれるとは思うものの、やはり恥ずかしさが先に立ってしまう。

「んっ、ふぁ、んんっ……！」

そんなことを考えていると下腹の疼きが急に強くなり、思わず熱い吐息が漏れた。内股を閉めてお腹に力を入れるものの、余計に疼きが意識に上がってしまう。

（どうして？　昨日のことを思い出しただけであんなに疼くなんて……んくっ、んんっ！）

疼きとは違う膣の中で明らかに何かが動いた感覚に、リリアンヌは火照った顔から血の気が引いていくのを感じた。それは膣道の中でゆっくりと動き、微悦を彼女に与えてくる。

「んくっ、んっ、くふぅっ……まさか、昨日の……」

触手に犯されたときに、何かが胎内に残されていた可能性が脳裏を過ぎった。恥辱を受けたあとは魔法で膣内浄化をしているが、まさか生物が体内に入り込んでいたなどと考えたこともなかった。

（トレイトル……まさか、あのときに非道な真似を！）

悔しさを糧に快感に抗おうとするものの、講義中である上に変身していないことも相まって異様に感じてしまう。

（中に何かいるのは確かなのに、この場で取り出すことができないなんて……）

荒くなっていく息を周りに気付かれないようにするのに精一杯で、もはや講義の声を聞いている暇はない。それどころか、下手に動けばあまりの快感に喘ぎ声を上げてしまうのではないかという恐怖さえも彼女を追い詰めていく。

「少し早いが、キリがいいし今日はここまでにしよう」

その声が聞こえた瞬間、リリアンヌはすぐさま立ち上がり教室をあとにした。

◆

リリアンヌが顔を真っ赤にしながら教室を飛びだしていくのを見て、俺は内心ほくそ笑んでいた。昨日、パウラの入れ知恵でリリアンヌがいつも座る席に召喚魔法を仕込んでおいたのだ。授業中にごく弱いスライムを召喚し、リリアンヌの膣内へと潜り込ませたところまでは順調だ。

「セレスティア姫、リリアンヌ姫の様子がいつもと違っていましたが」

「昨日の疲れが溜まってるのか、それとも……ううん、なんでもないわ」

セレスティアにはなんとなく予想はついているのだろう。だが、俺がスライムを仕込んだことまでは気付いていないようだ。なにせ、ヴィオーレ使いほどの魔力の使い手が近くにいれば、逆に弱い召喚魔法などは気付かれにくい。木を隠すには森の中とはよく言ったものだ。

「私、ちょっと心配だから探してくるわ。教授は、むしろ探さないほうがいいかもね」

「そうですか……。分かりました」

セレスティアが足早に去って行くのを見てから、リリアンヌの座っていた席の魔法陣を消しておく。隠蔽してはいるものの、万が一ばれてはやっかいだからな。魔法陣が消えたのを確認すると、俺も他の生徒達に続いて教室をあとにした。

「さてと……姫はどこに隠れたのかな？」

「剣姫は計画どおり、図書館に入りました」

廊下の柱の陰から、パウラが少しだけ顔を出して答える。あの目立つ格好を誰かに見られるのはさすがに不味いんだが、誰かに見られる前にパウラはすぐに姿を消した。

「まったく、下手に口を開かなければ有能なんだがな……」

リリアンヌはおそらく、すぐにお手洗いの個室に向かうだろうという予測はついていた。

そこでパウラに教室近くの個室を一時的に封鎖させ、彼女を図書館へと誘導させた。あとは司書に理由をつけて外出させ、リリアンヌが近付いてきたタイミングで司書に変身したパウラが現れ、無人の図書館に彼女を追い込む手はずだ。

図書館のドアを閉め、鍵をかける。なにせ、本物の司書は鍵をかけて出たと思っているだろうからな。

「んっ、んんっ、はぁっ、はぁっ……」

図書館の奥から、リリアンヌのため息が漏れ聞こえてくる。俺は音を立てないようにしながら声のした方向へと歩いていった。

「リリアンヌ姫、そこにいらっしゃいますか？」

「……あっ⁉」

俺が顔を見せると、リリアンヌはちょうど長いスカートをまくり上げて自慰をしようとしているところだった。

「おっと、お取り込み中でしたか……失礼しました」

「いえっ、あの……お待ち下さい……っ」

一応、背を向けてリリアンヌのほうを見ないようにしつつその場を去ろうとすると、都合良く彼女のほうから声をかけてきた。スライムは彼女の膣内でいい仕事をしているようだ。

「教授、申し訳ありません……。昨日、トレイトルに敗北したときに……んくっ、はぁっ、はぁっ……。中に、その……んっ、んんっ！　何かを、仕込まれたようで……ふぁ、んっ、んんんんっ」

「そうでしたか。先程の講義で様子がおかしいとは思っていたのですが、あの場で声をかけるのは躊躇《ためら》われたので」

「お気遣い……んっ、申し訳ありません。それで教授、お願いが……ふぁ、んんんっ！　この異物を……んんっ！　私の、中から……取り出して、ふぁっ！　いただけないでしょうか……」

「しかし、私は男ですが……よろしいのですか？　セレスティア姫を呼んでお願いするのがよいかと思うのですが」

もちろん、そんな余裕は彼女にないことくらい分かっている。だが、一応表の顔としての体裁は整えておかないとな。

「はぁっ、はぁっ……でも、時間が……んっ、んっ、んくぅぅぅっ！　ふぁっ、あっ、だめっ、お願い、ですっ、んっ、んんっ！」

リリアンヌから懇願するのを確認してから、俺は改めて彼女の前に立った。柱にもたれかかってスカートをたくし上げ、もう片方の手で愛撫を続けているリリアンヌ。真正面から見ないようにしつつ、彼女の様子を窺う。

「さきほどから、んんんっ……指を入れて、かき出そうとしているのですが……なかなか、んんっ、捕まらなくて……」

甘い声が上がるたび、リリアンヌは顔を真っ赤にして泣きそうになる。男が見ている前で痴態を晒しながらお願いしているのだから、彼女にとっては相当な恥辱だろう。俺が救出するまでの間、存分に快楽を味わってもらうとしよう。

「分かりました。では失礼してお手伝いさせていただきます」

俺はリリアンの前に座り込むと、そっと指を秘裂に伸ばした。

「んっ！　んっ、はぁっ、はぁっ……あ、う、うぅぅ……っ」

秘唇に少し触れただけでリリアンヌは大きく身を強ばらせる。慌てて手を引く芝居をすると、リリアンヌは目尻に涙を浮かべたまま俺に目で懇願してきた。

「大丈夫、ですっ……少し、驚いただけですから。んっ、はぁっ、はぁっ……」

「分かりました。しかし、中に何がいるか分からないのでは、対処のしようがありませんね。リリアンヌ姫、無礼を承知で申し上げますが、ご自分で秘裂を開いていただけないでしょうか？」

「えっ？　ええっ⁉　わ、私が、ここを……押し開く、ということでしょうか？」

　リリアンヌの顔は羞恥《しゅうち》で真っ赤になり、無理だと言わんばかりに首を横に振る。だが、俺は真面目な顔で強気に出た。

「ことは一刻を争うのでしょう？　ならば、まず中にいる異物の正体を知る必要があります。それを確認し、可能であれば速やかに排除するために、目視の必要があるかと」

「わ、分かりました……。教授の仰るとおり、かと……んんっ！　で、では、参ります！」

　リリアンヌはあまりの恥ずかしさに目を閉じ、顔を背けながら自身の秘裂を押し開いた。高貴なるヴィオーレ使いの姫が、俺の目の前で自ら秘裂を開いて膣穴を見せつけている。トレイトルでさえ敵わないことが今俺の前で行われていることに、歳のことも忘れ興奮していた。

「まだよく見えませんね。もっと左右に広げて下さい」

「ええっ⁉　う、うぅぅ……分かりました、んっ、くぅっ……」

　恥ずかしがりながらもさらに秘唇を押し開き、綺麗なピンク色の膣口が露わになる。ちょうど、タイミング良く膣奥の少し奥からスライムが顔を出した。

「スライムがいるようですね。膣内は無事のようなので、大した強さではないでしょう」

「そ、そうですか。では早くかき出していただけませんか？　私、んっ、あまり長く持ちませんっ……んっ、んんっ！」

「分かりました。ですが、相手はつかみ所がありません。多少苦戦するかもしれませんが、ご承知おきを」

リリアンヌにしてはかなり追い詰められた口調だ。彼女の新しい一面に心が湧き上がるのを感じながら、膣口に指を伸ばした。

「ふぁっ、んんんんんっ！　んぁっ、そ、そこっ……あ、んっ、くぅぅぅぅっ！」

俺が指を少し入れると、膣がチンポを締め付けるときのきつさで密着してくる。指の細さでさえ奥に進めなくなり、俺は指の腹でリリアンヌの膣襞の感触を味わいながら戸惑った振りをする。

「はぁっ、はぁっ……もう少し、んっ、ひぅんっ！　や、あ、だめぇっ！　奥っ、ふぁっ、あ、ああ、んんっ、くふぅぅっ！」

羞恥心と快楽の板挟みになったリリアンヌは、ダンジョン内で見せる気高く誇り高い戦士の顔を微塵も感じさせない。可憐で弱いひとりの少女を目の前で弄《もてあそ》んでいる現実に、また股間が反応してしまう。これは見られないようにしないとな。

「ひっ、ひぅんっ！　んぁっ、あっ、そんなに擦られたらっ、あっ、あっ、んぁっ、あっ、んんんんっ！」

指の腹を膣壁に押し当て、左右に擦っていく。リリアンヌの膣肉は柔らかく、きつく締め付けながらも俺の指先に吸い付くように密着してきた。わずかな愛撫で、すぐに愛液が膣口から漏れ出した。

「細かい襞が綺麗ですね……さすがは姫様。それに、少し濡れてきたようです」

「あ、うぁ、うぅぅ……あ、あまり見ないで下さい……恥ずかしい、ですっ……」

「申し訳ありませんがそれはできかねます。確かにこれだけで見れば万死に値する行為ですが、スライムを捕まえるにはやはり目視しないと」

「あ……そ、そうですね。申し訳ありません、私としたことが目の前のことで頭がいっぱいになってしまって……んぁっ！　あっ、あっ、んんんんっ！」

リリアンヌが小刻みに身を震わせ、また喘ぎ声を漏らす。自身の声に羞恥心を覚えてさらに顔を赤くする彼女は、本当に艶めかしい。思わずこのままチンポを突き立てたい衝動に駆られるものの、そこはなんとか自制して愛撫を続ける。

「奥に指を入れられそうですね。では、もう少し深く指を入れていきますよ」

一応断ってから、指をもう一本入れて膣穴をさらに押し開いていった。

「うぁ、あ、うぅぅぅぅっ！　はぁ、はぁっ……どう、でしょうか？」

「ああ、ようやく見えました。奥のほうに逃げ込んでいるようですね」

二本の指で濡れた膣道をこじ開けながら、少しずつ指を入れていく振りをする。指に愛液が纏《まと》わり付き、卑猥な水音をわざと立てながら、襞をなぞり続けた。

「ひぁ、あ、あぁぁ……っ、そ、そこっ、んんんっ！　もう少しゆっくり、お願いしますっ、はひっ、はふっ、ふぁ、んぁっ、んんんっ……」

スライムは膣奥から顔を出したりひっこめたりしながら、彼女の肉壺をまさぐり続ける。俺もスライムに時折触れつつも捕まえず、探す振りをしながら襞をそっとひっかいたりかき回してリリアンヌを責め立てる。

「ひぁっ、あっ、あぁぁんっ！　んぁっ、んっ、だめぇっ、声が溢れて……はぁっ、はぁっ……誰かが、訪れないうちに……はぁっ、お願い、しますっ、んんんっ！」

「分かりました。では少し強引ですが、一気に指を入れていきましょう」

リリアンヌの股間に顔をさらに近づけ、二本の指を奥へと突き入れる。

「んんんんんんんっ！　教授っ、それはっ、あっ、あっ、んぁっ、んっ、んんんんっ！」

羞恥と快感に耐えて口をつぐみながら、それでも抗いきれずに喘ぎ声を漏らすリリアンヌ。さらに指を何度も押し込み、抽送するかのように膣道をまさぐっていく。

「んぁっ、あっ、あっ、んくぅぅっ！　教授っ、そんなに激しくっ、されたらっ、んぁっ、んくっ、ふぁっ、あっ、んんんっ！」

実際はスライムに何度も指が触れているものの、わざと掴まずに愛撫を繰り返している。

指を左右に押し開いて膣道をこじ開けたり、手を捻って指を回しながら膣道をまさぐったりと、振りをしながら愛液をこそぎ取っていく。

「んっ、んっ、んぅぅぅっ！　だめっ、だめですっ！　これ以上はっ、あっ、あっ、んぁっ、んっ、んぅぅっ、ふぁぁぁぁぁぁぁぁぁっ！」

リリアンヌが大きく肩を震わせ絶頂するとともに、愛液が膣奥からどっと溢れてくる。それに流されるかのようにスライムが顔を出し、膣口から垂れ落ちてきた。さすがにここでスライムを中に押し返すわけにもいかないので指を引き抜く。

「出てきましたよ、リリアンヌ姫。お疲れ様でした」

「はぁっ、はぁっ、はぁっ……ありがとう、ございます……ふぁ、あ、あぁぁぁ……っ」

俺の言葉に反応してはいるものの、その顔は快楽に蕩けたあられもない姿を晒していた。

羞恥に頬を赤らめ、快楽に飲まれて緩んだ表情を浮かべる彼女の姿は、実に淫猥だ。トレイトルではなく俺がその姿を見ているという事実は、彼女にさらなる性への意識を植え付けることだろう。俺は手を拭きながら、ゆっくりと立ち上がった。

「…………」

「…………」

さっさとこの場をあとにしておけばよかった。念のため彼女が落ち着くまで誰が来ないかを見張っていたせいで、この気まずい空間に居残るハメになってしまった。

「教授……その、先程は、とても、あの……お恥ずかしいところを、お見せしてしまい……」

「いえ、お役に立てて何よりです。それより、もう落ち着きましたか？」

「あ、はい……すっかり良くなりました。あの、今回のことについてですが……」

「他言無用ですね？　承知しています。さすがに、理事会のほうにも報告は上げないつもりです」

「はい、申し訳ありません。罪の片棒を担がせるようなかたちになってしまって……」

「今回の件は罪ではありませんから、そこまで気にすることはありませんよ。そこに関してはお気遣いなく」

「教授……ありがとうございます。それでは、失礼いたします」

リリアンヌは丁寧にお辞儀をすると、そそくさと早足で図書館をあとにした。

「やれやれ、やっと行ってくれたか」

俺は大きくため息をつく。あとでパウラを呼ぶとしよう……。それにしても、想像以上にリリアンヌの開発は進んでいる。そろそろ中層での調教も終わりだな。

「がは……っ！」

俺の一撃がリリアンヌの腹に突き刺さり、彼女の身体がくの字に曲がる。そして手から力が抜けたせいでダインスレイブが床に落ちた。取らせる暇も与えず彼女の身体を蹴り飛ばし、距離を取らせる。

俺が潜って体勢を整えている間に、リリアンヌは下層へのゲートに辿り着いてしまっていた。当然ながら戦闘にはなったものの、結果はこのとおりだ。魔物との戦闘が少ない中層の入り口近くで戦っていたら、もっと苦戦していたかもしれないな。

「まだ……あなたには及ばないというのですか？」

「どうやらそうらしいな。ヴィオーレも案外大したことがないのかもしれん。あるいは、君が弱すぎるのか」

俺の挑発に、リリアンヌは悔しげに眉をひそめる。なんとか立ち上がろうとはしているが、魔素の過剰供給で興奮した肉体に力が入らないらしい。

「月並みな台詞だが、勝負はついた。今日も君の身体をじっくり味わうとしよう」

うつ伏せに倒れたリリアンヌの腰を浮かせ、俺にお尻を突き出すようなポーズを取らせる。這いずって逃げようとするものの、俺が呼び出したスライムが両手を、触手が足を拘束して自由を奪った。

「くっ、またこんな辱めを……」

「君が恥ずかしいと思うほうが、より強く感じるだろう？　そのほうがより楽しめるからな」

相変わらずの思考にあきれ果てたのか、リリアンヌは口を閉じて俺を睨み直す。逆を言えば、その程度の抵抗しかできないということだ。手はスライムに、足は触手が絡め取って脱出不可能。辛い体勢を強要されて、ただでさえ消耗している体力もさらにじわじわと削られているはずだ。

「好きになさい。あなたが私を殺さない以上、私は現状さえ耐えれば負けではないのですから」

「やれやれ、褒めたそばからこれだ。まあいい、そんな余裕がなくなるくらい、喘がせてやればいいわけだからな」

「いつまでも、あなたの思いどおりにはさせませんよ？　今度こそ、あんな不埒な感情に抗って見せますから」

何か策があるのか、静かに返してくる剣姫。いや、小さく肩が震えているのは強がりかも知れない。念のため、警戒はしておくとしよう。そう考えながら立ち上がって彼女の腰を掴み、彼女の秘裂へとチンポを突き立てた。

「んっ、くぅ……っ！　んぁ、あ、う、んんっ……！」

「どうした、もう濡れてるじゃないか？　以前はきつく締まって入らなかったのに、もう半分も入ったぞ？」

「そ、そんなはず……んぁっ、あっ！　んくっ、だめっ、そんな一気に奥まで……くっ、うっ、うぅぅぅっ！」

リリアンヌはお腹に力を入れて抵抗しようとしているようだが、濡れた膣は予想以上に俺を受け入れてくれる。

「身体はすっかり俺を受け入れるようになったらしいな。あとは、君が俺の前に跪《ひざまず》くだけだな」

「んぁっ、あっ、んんんんっ！　何を、馬鹿なことを……。ヴィオーレ使いが魔王の手先に……んんっ、跪くなど、決してありません！」

「残念だ。俺のモノになれば、いつでもこうして抱いてやれるのにな」

「あなたが私を性の道具として扱いたいだけでしょう！　私はあなたを必要となどしていませんっ！」

強気の発言を繰り返すものの、膣は小刻みに収縮して俺のチンポを咥え込んでくる。俺はさらに奥へと誘おうとする膣肉に逆らい、腰を引いて抽送を始めた。

「んぁっ、んっ、んんんっ！　さすがにもう……慣れました。んっ、んくっ、くふぅっ」

「そうだな。今まで何度も俺に負けて犯されれば、いい加減犯されること自体にも慣れてくるか。そういえば、以前同じことを言った気がするな。あのときは慣れるはずがない……などと言っていた気がするが」

「そ、それは……っ、んぐっ、くぅっ……べつに、恥辱を感じなくなったわけでは、ありませんから……」

覇気の強かった声が急に弱くなり、耳まで赤くなって赤面しているのがここからでも容易に想像できる。強気な態度を取っていても、やはり彼女の心情は実に分かりやすい。ある意味、嘘をつけないタイプだ。

「俺はべつに愛しあう和姦でも構わないんだがな。こんな強くて美人の女を侍らせるのは、男の夢だろうしな」

「世の男性が全てあなたのような欲望まみれではありませんっ！　少なくとも、そうでない人を私は知っています」

「だから俺が特殊な例だとでも？　君の知るその男のほうが本性を隠しているだけかもしれないぞ？」

「そ、それは……否定できませんが、んっ、んんっ……少なくとも、教授は自分の欲望のために相手をないがしろにしませんっ！」

おっと、思わぬところで意外な名前を聞いてしまった。一瞬動きが止まりそうになったものの、なんとか誤魔化して抽送を続ける。愛液がチンポに纏わり付き、淫らな音を立てて俺の興奮を煽ってくる。

「ならば、君はどうなのかな？　果たしてこんな状況で自制できているというのかな？」

「それはどういう……んぁっ、あっ、んんんっ！　はっ、はっ、はふっ、んくっ、くふぅっ」

小刻みな抽送に動きを変えると、リリアンヌの唇からため息が漏れる。白い肌に汗が滲み始め、彼女特有の仄かに甘い匂いが漂ってきた。

「んくっ、んっ、くふぅっ……ち、違いますっ、これは……魔素を取り込みすぎて、身体が興奮状態に……ふぁ、あ、あ、んんんっ！」

「魔素で興奮状態になっているのは否定しないが、自制できていないのを魔素のせいにするのはどうなんだ？」

「うくっ……それは……んっ、んぁっ、んっ、くぅっ……私は……いつの間にこんな……ふぁ、あ、あぁぁ……」

随分と自信ありげだったのに、言葉が気弱になっていく。リリアンヌがちらりとゲートを見て、その意味に気づいた。

「そうか、俺に出会う前にゲートを見付けたことで気をよくしたのか？　なかなか可愛らしいところがあるじゃないか」

「そんなつもりは……っ！　私は自分の役目を全うしようと、んっ、んっ、んぁっ、ふぁっ、んくっ、くふぅっ……」

敗北を続ける彼女にとって、ゲートの発見はひとつの成果だ。多少したたかになったとはいえ、やはり本質は変わらないな。

「ならば俺も自分の役目を果たすとしようか。君の中に欲望を叩き込み、快楽を貪るという役目をね」

「そんなものを役目とは……んぁっ、あっ、あっ！　んぁっ、あっ、んくっ、はぅっ、んんんんっ！」

身動きのできない彼女に腰をぶつけ、たっぷり濡れた膣道を味わっていく。抽送に敏感に反応してきつく締め付けながらも、奥へと飲み込もうとする膣襞の動きに逆らわず、さらに中へとチンポを突き立てる。

「んぁっ、あっ、あっ、あぁぁっ！　そ、そんなに早く突かれたらっ、んぁっ、あっ、くっ、くぅんっ、んんんっ！」

「さあ、君のマンコにたっぷりと精液を注いでやろう」

「くっ、うぅぅっ！　また欲望を私の中に……っ、んっ、んくっ、くぅっ！　今日こそ耐えて……んっ、んぁっ、あっ、あっ、あっ、んぁぁぁぁぁぁぁっ！」

どぴゅるるるるるるるっ！

湧き上がってきた欲望を遠慮なく剣姫の膣内へと流し込む。脈動する肉棒は膣奥を白濁で満たし、射精の快感を彼女の脳裏に叩きつけた。

「んぁっ、あっ、はっ、はっ、はっ、はぁっ、はぁっ……た、耐えた……？」

「ほう……イカなかったのか。それとも、イケなかったのかな？」

「はぁっ、はぁっ……いつまでも、快楽に流されるものですか。例え身体が発情しても、んんっ……自制は、可能なのです」

「やれやれ……この程度で勝った気になっているのか。おめでたいものだな」

「はぁっ、はぁっ……あなたこそ、負け惜しみがすぎるのではないですか？　んくっ、んんっ……それに、いつもより早いではありませんか」

「いつもより……か。予想以上に俺の凌辱を意識してくれていたとはな」

「っ⁉ 今のは言葉のあやで……そこまで気にしていたわけではありませんっ！ あなたという人は、揚げ足を取ってばかりですね……んくっ」

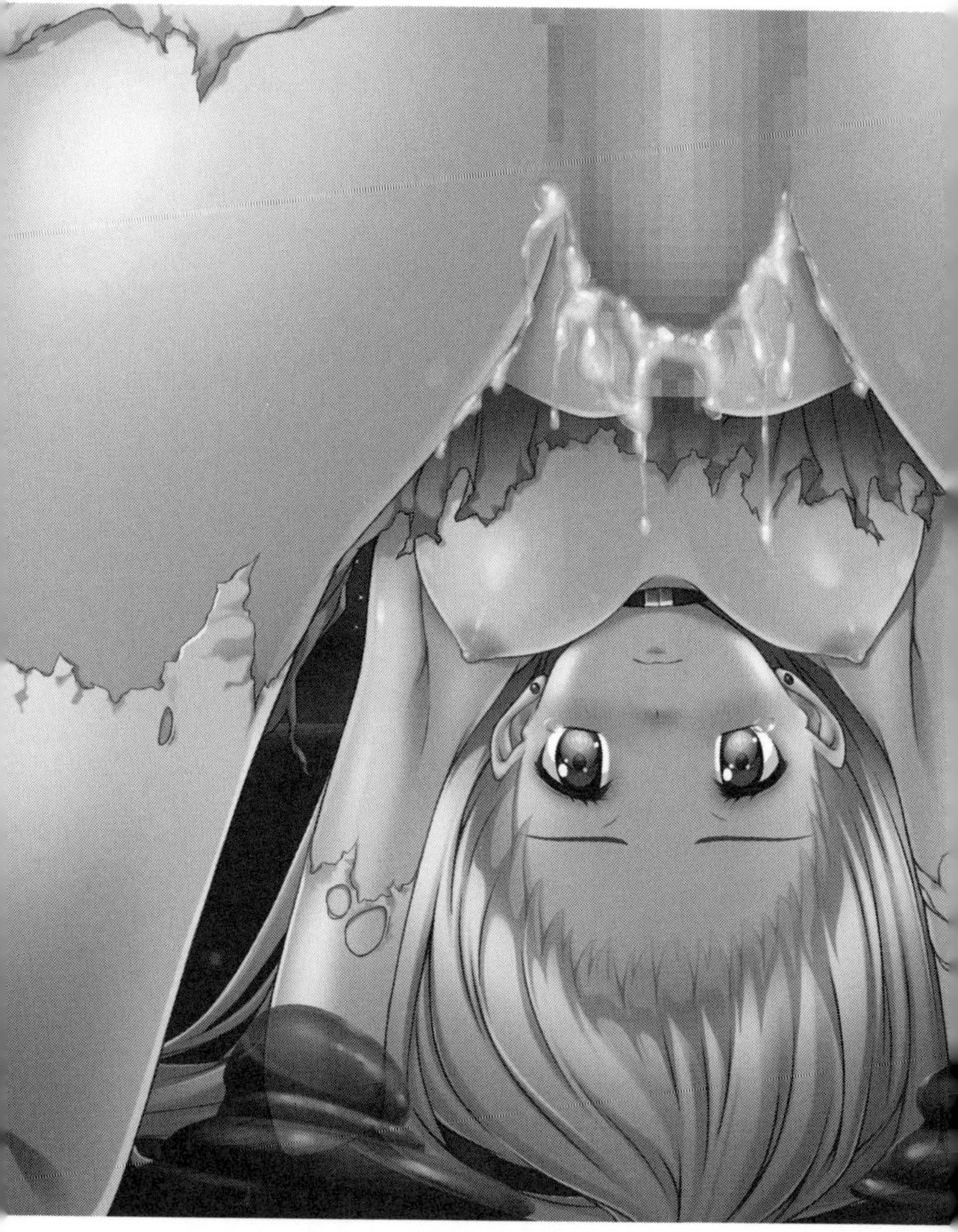

射精の快感がまだ残っているのか、怒りの言葉の中にも小さくうめき声が混じる。彼女のマンコもまだ足りないと言っているのか、小さく収縮を繰り返しながら肉棒を舐め回していた。

「ではそろそろ続きといこうか」

「……えっ？　もう私の中に射精したではないですか」

「どうして一回しか射精しないと思うんだ？　それに、俺があの程度の量で満足するわけがないだろう？」

リリアンヌの腰を強く押さえつけてチンポを引き抜くと、今度は後ろの穴へと勢いよく突き立てた。

「ひぁぁぁぁぁぁぁぁぁっ！　あ、ぎっ、ひぃぃぃぃぃぃっ！　また、お尻にっ……あ、ぐ、うぅぅぅぅっ！　卑怯、ですっ、油断を誘っておいて、こんな……あっ、あっ、うぁぁぁぁあっ！」

「やれやれ、敵を前に油断したり隙を見せたのは君のほうだろう？　それを相手のせいにするとは、そこについては成長がないな」

「く、うぅぅうっ！　それでもっ、私は屈辱に耐えて……んぁっ、あっ、ぎぅぅぅぅぅぅっ！」

気丈に振る舞おうとする彼女に、俺は遠慮なくチンポをねじこみ快楽を享受する。一度膣内に射精して気が緩んだせいか、尻穴のきつさは以前ほどではない。そのぶん、楽に抽送して肛虐を楽しめそうだ。

「んぁっ、あっ、あっ、あぁぁぁぁっ！　そんなに、太いものをねじこまないでっ、んぁっ、あぐぅぅうっ！」

「何が太いんだ？　ちゃんと口にしないとなんのことか分からないな」

「分かって、いるくせに……っ！　んぐっ、んぁっ、あっ、んくっ、ひぐぅぅぅぅっ！」

「抜いて欲しければ言葉にしろ。そうすれば考えてやってもいい」

「お断り……しますっ！　卑猥なことを口にさせようとしても、そんな脅しには屈しません！　んぐっ、ぐっ……んぁっ、あっ、んっ、んくっ、くふぅっ」

俺がゆっくりとチンポをねじこんで行くと、苦しげな声が少しずつ変わってくる。お尻に力が入っていたのが少しずつ緩み、秘裂からまた愛液が溢れ出して内股を濡らしていった。

「どうした、急に黙り込んで。言ったそばから気持ちよくなってきたのか？」

「んく、んっ、ぐぅっ！　不浄の穴を犯されて……気持ちよくなるはず、ありませんっ……」

俺が深くチンポを挿入すると、リリアンヌの身体が小刻みに震えて尻穴がきつく締まる。彼女が言葉で否定しても、身体が反応しているのは明らかだ。少しずつ抽送に変化を加えながら、さらに剣姫の直腸を味わっていく。

「んぁっ、あっ、んっ、ぐっ、ぎぅっ……こんな、屈辱で快感を覚えるなんて……ひぐっ、ぎぅっ、くぅぅうっ！　そんなっ、いきなり早くっ、んぁっ、あっ、あっ、あぐっ、はぐっ、うぅぅうっ！」

俺の抽送にリリアンヌの身体が大きく揺れ、足の痙攣《けいれん》も相まってさらに小刻みな振動が肉棒を刺激してくる。再びせり上がってくる肉欲に逆らうことなく、彼女の身体を貪り腰を振った。

「んぁっ、あっ、ぐっ、うっ、うぁっ、くぅぅうっ！　だめっ、耐えなければ……んぁっ、あっ、ふぁっ、んっ、んっ、くふぅっ！」

「耐えられるものか、君の身体は既に快楽の味を占め、精液を欲しがってこんなにヒクついているじゃないか。さあ、新たな快楽を教えてやる。肛虐だけでも絶頂する恥辱の極みをな！」

「いやっ、いやっ、いやぁぁぁっ！　こんなっ、そんなっ、あっ、あっ、これ以上は無理っ、ひっ、ひっ、ひぃっ、ひぁぁぁぁぁぁぁぁぁっ！」

どぷっ、どぴゅるるるるるっ！

肛門がさらにきつく締まり、俺の射精をさらに促す。今度は余すことなくありったけの精を、リリアンヌの直腸へと流し込んだ。

「ひっ、ひっ、ひぃいいいっ！　まだ出てっ、そんなっ、またっ、またイクっ、イクっ、いやぁぁぁぁぁぁぁっ！」

射精が終わり、俺は大きくため息をつく。リリアンヌはまだ全身を硬直させたまま、小さく震え続けていた。

「いや……いやぁ……っ、私、お尻を犯されて……そんな、こんなことが……」

「楽しんでもらえたようでなによりだ。なに、ゲートを見つけた代償だと思えば安いものだろう？」

俺の言葉が聞こえていないのか、リリアンヌはただ小さくつぶやきながら身体を震わせ続けていた。


「そうですか、中層のゲートにはたどり着けましたか」

「はい。ですが、今の力ではまだ彼を倒すには至らないのが残念です」

帰ってきたリリアンヌの報告は簡素なものだった。犯されたことは口にしなかったが、わざわざ聞くこともないだろう。

「まずはお疲れ様でした。中層でも十分に活動できるほど魔素に慣れたのですから、いずれは目的を達成できるかと思います」

「そう……ですね」

「……何か、不安な点があるようですね。魔素の吸収による体調変化、ですか」

「っ⁉……教授はなんでもお見通しですね」

一瞬、顔を強ばらせたものの、リリアンヌは取り繕うことなく素直にうなずいた。

「ですが、まだ大丈夫です。私はまだやれます」

「はい、私も陰ながら応援しています。むしろ、応援くらいしかできませんがね」

「いえ、教授には大変お世話になっています。これからもよろしくお願いします」

リリアンヌは深々と頭を下げてから立ち上がる。そして、いつものように静かに部屋をあとにした。

「平静を装っていたが、動きがぎこちなくなっていたな」

「おそらくは火照りがまだ残っているのでしょう。それでも醜態を晒さないとは、大した精神力ですね」

またもパウラが何の前触れもなく俺の隣に立つ。もはや慣れたものでため息も出ない。

「そうだな。それだけ魔素による侵食が強くなってきたということか。いい感じじゃないか」

中層でこれほどまで侵食が進んでいるということは、下層をクリアする頃には快楽の虜になっていることだろう。下層で彼女の痴態を見るのが楽しみになってきたな。

「気持ち悪い笑みを浮かべていますが、いかがされたのですか?」

「気持ち悪いって言うな」

◆

リリアンヌは教官室をあとにすると、すぐさま足早に自室へと戻ってきた。ドアの向こうから物音が聞こえないことを確認すると、ずるずるとその場にへたり込む。

「はぁっ、はぁっ、はぁっ……なんとか、ここまで耐えられましたね……」

彼女の頬はうっすらと紅く染まり、震えが止まらなくなっている。胸の高鳴りは耳元に心臓を当てられているかのようにやかましく鼓動を打ち、リリアンヌの羞恥を煽った。

「それにしても……んくっ、まだこんなに後を引くなんて……いつもより、長い……っ」

リリアンヌは下腹にそっと手を当て、深呼吸を繰り返す。その間も、下腹の疼きはリリアンヌを苛み続けていた。

「教授は……気付いていたのでしょうか？　でも、あの人は気付いていても口にしないでしょうし」

もし自分の痴態がばれていたとすると、余計に恥ずかしくなってしまう。彼と顔を合わせるたびに先日の図書館での秘め事を思い出してしまい、頭の中から追い出すので毎回苦戦しているというのに。トレイトルに犯されたあとはいつも以上に身体が火照り、ベルナールが近付いてくるだけで崩れ落ちそうになってしまうほどだった。

「教授に触れられたら、私はどうにかなってしまいそう。でも、私にはまだやるべき使命が残っている……このままでは、中層に入ったとき以上にダインスレイブに振り回されてしまう。改めて鍛え直さないと」

リリアンヌは疼きが収まるのを待ちながら、決意を新たにするのだった。

第四章　下層　欲望の深淵に

リリアンヌに続いて他の姫達も中層ゲートに到着し、全員が中層の攻略を終えたところで教官室に集まる。理事会から下層に降りる承認はもらったものの、姫達の顔は浮かない。

「皆様方、緊張されているようですね」

「あはは……まあ、さすがに中層に入るときとはわけが違うよ」

「結局、トレイトルに一度も勝ててないものね」

「まあ、下層に行けばもう一段階覚醒できるとは思うけど……」

エリーゼは頭をかきながら苦笑しているものの、空元気といった感じだ。フィオレも不安げに目を閉じている。セレスティアがため息交じりに語った後、言葉を濁した。

「それに何か問題が？」

「覚醒に、わたし達が果たしてついて行けるのか、そこが不安なんです」

ちらりとリリアンヌに目を向けると、彼女も無言でうなずいた。

中層に入って覚醒段階が上がった際、彼女達のテンションは明らかに上がっていた。だが、それでも勝てない相手に不安が強くなるのは致し方のないことだ。

「安直な言葉しかかけられないのが申し訳ないところですが……私は皆様方を信じています。必ずやヴィオーレを制御し、トレイトルを打ち負かして下層最深部に到達すると」

実にありきたりで薄っぺらい応援だと自覚できるものの、正直言ってこの辺りの言葉しか思い付かない。それになにより、俺はその筋の専門家ではないのだから、姫も俺にそこまで期待してはいないだろう。

「そうですね。私達にここで引くという選択肢はありません。行きましょう、皆さん」

「言われなくても、みんな行くつもりではいるわよ。ま、リリが発破をかけてくれるのを待ってた感はあるけど」

「ま、そういうことにしておこうかな」

「そう……ですね」

四人の言葉も上滑りというか、体裁を保とうとしているように見える。むしろ、彼女達が不安に思っているのは別のこと、ということか。

「では参りましょうか」

俺が見守る中、彼女達は次々と部屋を出て行った。これで彼女達を下層で迎え撃たないといけないわけだ……緊張で足がすくみそうだな。

中層に侵入しただけで、彼女達の力は一気に上がった。となると、下層でも同じように彼女達の力が強化されると考えていいだろう。あとで魔王に何か手がないか相談してみるか……。

パウラから姫達が中層のゲートについたという報告を聞いてから下層に向かう。下層の魔素にはさすがにめまいがしたが、彼女を抱いて若返るとすっかり気にならなくなった。俺がトレイトルの衣装へ着終えても、パウラはまだその場に突っ伏したままだった。彼女が冗談で倒れているとも思えず、俺は座り込んで顔を覗き込む。

「どうした？　具合でも悪くなったのか？」

「いえ、その……腰が抜けてしまって、立てないのです」

「……は？」

「トレイトル様が激しすぎて……まさか、ここまでとは」

「……そ、そうか。それは悪いことをしたな」

「いえ、パウラをここまで激しく抱いていただいたことに、感謝と感激を痛感しております」

痛感というのは表現がおかしい気もするが、まあいい。姫と戦うたびにパウラを抱いていたのだから、慣れてくるのは当然のことだ。その上姫を抱くたびに俺の中の黒い欲望が高まり、パウラを抱くときもその影響が出てきたとしてもおかしくはない。

「ここなら彼女達と遭遇することもないだろう。しばらく休んでから帰れ。俺はそろそろ迎撃に行かないとな」

「かしこまりました。トレイトル様、ご武運を」

床に這いつくばったままのパウラに見送られるのは妙な気分だが、下層に入った姫君を放ってはおけない。俺は身体の調子を確認しつつ、ダンジョンを入り口に向かって歩き始めた。

下層入口の近くまでやってくると、リリアンヌの姿が見えた。気配を消し近付いていくと、リリアンヌは剣を下ろしたまま、深く深呼吸するのが見えた。緊張しているのか、その表情は硬い。

「ようこそ下層へ。首を長くして待っていたよ」

「トレイトル！　……今回は最初に私のところへ姿を現したのですね」

俺の姿に驚きつつも、すぐさまダインスレイブを構えるリリアンヌ。下層の魔素にはまだ慣れていないのか、その動きに若干の粗が見えた。

「そうだな。まずは君のところに挨拶に行くべきかと思ったのでね」

リリアンヌは警戒してこそいるが、構えてはいない。だが、やる気は十分にあるようだ。

「それはある意味正しい判断です。ですが、別の面では間違っていたと言えるでしょう」

「……理由を聞いても？」

「下層に到達すれば、私達の力はより強くなります。中層で拮抗していた力も、ここではもはや凌駕に値するはず」

「つまり、下層に誘き出した時点で俺の負けが確定していると？」

「確定、とまでは言えませんが、かなりの確率であなたを倒せるでしょう」

自信、というよりも決意に近い言葉。その反面、その瞳にはまだ揺らぎが残っている。果たして、力で凌駕しても俺に勝てるのかどうか。その疑問を払拭できない理由は、彼女自身がよく理解しているはずだ。

「ならば見せてもらおうか。下層に到達したヴィオーレ使いの力を！」

俺はリリアンヌに手を突き出し、即座に光弾を放った。

「くっ！」

即座にダインスレイブで光弾を切り裂き、俺と彼女のちょうど真ん中辺りで光弾が爆発した。彼女は剣を構えたまま突進してくる。すぐさまシールドを張りつつ後方に飛び、即座に次の光弾を装填。俺のやり方をもう熟知したのか、リリアンヌは俺の張ったシールドに激突することなく低く姿勢を取って躱し、そのまま切り上げてくる。

「くっ、予想以上に速いな」

俺が光弾を放つよりも速く剣閃が襲いかかり、回避に全力を出す。

「逃がしませんよ、トレイトル！」

「まったく、調子に乗るなよ！」

一転して真正面からぶつかり、シールドで剣戟を止めつつ至近距離から魔法を放つ。リリアンヌもそれを察知して躱しながらも薙ぎ払い、俺に追撃をさせない。

「お互いに相手の手の内は読めてきたらしいな」

「まだ奥の手を残している、とは言わないのですね」

いつの間にか、リリアンヌの気配が先程より圧を増していることに気付いた。瞳が強く光を放ち、明らかに危険だと脳裏で警鐘が鳴る。

(この短時間で次の覚醒を迎えたということか？　面白い、見せてもらおうじゃないか)

ヴィオーレ使いの次の覚醒段階がどんなものか試したくなった。そもそも、ここで死ぬようであれば、出し惜しみされても命が僅かに延びるだけだ。防御に全力を回すよう魔力を練りつつ口を開く。

「奥の手がないとは言わない。君も、本当は奥の手があるんだろう？」

「どうでしょうか。ですが、今見せても構わないのであれば、全力を出しますが」

そう言いつつ、リリアンヌの剣を握る手に力が籠もる。あの構えは……来るか、リュミエール！

「我が一撃を以て魔を切り裂け！　奥義、リュミエール・ペネトラン！」

目が潰れるかと思うほどの閃光とともに、高く掲げた剣が振り下ろされる。俺も両手を前に突きだし、全力のシールドを張って対抗した。だが次の瞬間、目の前の景色は変わっていた。

さっきよりもだいぶ後ろに下がったらしく、部屋が広く感じる。背中に強い痛みを感じ、壁に叩きつけられたのだと気づいた。

一体何分、いや何秒気絶していた？　すぐさま立ち上がろうとするものの、膝が笑っていて腰が持ち上がらない。

（まずい、これは殺られる……！）

そう焦ったものの、俺の目の前にリリアンヌの姿はなかった。

「う、ぐぅ……っ、こ、これは……」

部屋の正反対の壁に、リリアンヌは立っていた。だが、背中を壁に預け、剣を支えにしている状態だ。

「やれやれ、まさかこれほど威力が上がるとはな……。だが、君も制御しきれていないということか」

なんとか足に力が入るようになり、震えながらも立ち上がる。リリアンヌも壁から離れて剣を持ち上げるものの、その手は震えていた。

「ですが、あなたも無傷ではないようですね。ならば、ここでこのままあなたを倒すまで！」

リリアンヌは姿勢を崩しながらも立ち上がり、俺に向かって走ってきた。だが、彼女に付きあう理由はない。

「悪いが、今日はこのくらいで引き上げさせてもらおう。また会おう、魔剣の姫」

「あっ、待ちなさい！」

床に軽い爆発魔法を放って煙を発生させると、俺は逃げるようにその場をあとにした。

「はぁっ、はぁっ……さすがに肝を冷やしたな」

教官室に戻ってきた俺は、椅子に深く座って大きくため息をついた。パウラに合流してすぐに転送してもらわなければ、あのまま追いかけられて討たれていたかもしれない。

「その様子だと、苦戦されたようですね」

「ああ。覚醒段階がさらに上がると、奥義も洒落にならない威力になるな……」

正直、あそこまで強くなられるとこのまま勝ち続けられるのか不安のほうが大きくなる。それに、ひとりを攻略している間に他の姫は下層に慣れていくわけだから、後半に行くほどきつくなるのは目に見えていた。

「姫達が帰ったあと、魔王と話がしたい。夜にでも連れて行ってくれ」

「かしこまりました」

彼女達が戻ってくる頃には、さすがに落ち着いてるだろう。俺はもう一度深くため息をつくのだった。


「もう少しでトレイトルを倒せたのですが……申し訳ありません」

「何言ってるのよ。あいつを初めて撤退させたんだから、大金星じゃない」

「そうですよ、リリアンヌさま。むしろ誇っていいと思います！」

ここを出て行ったときとは裏腹に、姫達の顔には満面の笑みが浮かんでいた。あの、トレイトルを撤退させたのだから、そうなるのも無理はないか……。当の本人からするとあまりいい気はしないんだが、さすがに遠慮してもらうわけにもいかない。

「あーあ、そうと知っていれば、わたしもファルファーレンを試し打ちすれば良かったなぁ」

「あの……エリーゼ姫、ダンジョンを破壊するのだけは勘弁していただければと。あれは一応、外敵の侵入を防ぐための防壁であり、逆に魔王を最下層から逃がさないための封印でもありますので」

「リリの感触的にはどう？　ダンジョン壊せそう？」

「一撃で破壊できるほどの威力ではないと思いますが、私よりエリーゼのほうが技の威力がありますからね。あるいは」

「あ、でもダンジョンって勝手に修復するんでしょ？　だったら、同じところを何度も攻撃しない限り大丈夫じゃない？」

「そうですね……。ですが、一応気をつけていただければと」

俺の言葉に、エリーゼは満面の笑みでうなずく。大丈夫だとは思いたいが、一応まだ俺はツヴィンガの管理者だからな。ダンジョンが多少破壊されたからといって魔王が即復活するわけでなし、俺にとってはリスクでしかない。この期に及んで、まだ結界魔導士の地位を意識するとは……我ながら小物だな。

「とりあえず、覚醒段階が上がれば、トレイトルに対抗しうるということが分かったのは大きな成果ですね」

「よし、じゃあまずは明日から下層に慣れるよう特訓しましょ。奥義を制御できるようになれば、今度こそトレイトルなんて一発でしょ」

「はい！　みなさん、頑張りましょう！」

姫達はすがすがしい顔で一斉にうなずく。俺はその様子をなんとも言えない顔で見つめていた。俺も含めて、気が緩んでいたのだろう。そのとき突然起きた出来事に、思わず慌ふためいてしまった。

「きゃっ⁉」

「わぁぁっ⁉　床が暴れてる！」

「な、地震⁉」

俺は思わず椅子にしがみつき、姫達も驚いて壁や近くの長椅子に手をつく。

姫達が口々に声を上げる中、揺れはゆっくりと収まっていった。明るい顔を見せていた彼女達の顔はすっかり引き締まった顔に戻っている。

「これは……やはり、魔王の影響でしょうか」

「わたし達がのんびりしてたから、魔王が復活したとか⁉」

「復活はない……と思いたいけど、前兆かもね」

「デュラン先生……」

「分かりませんが、一度調査は必要ですね。私は理事会に報告後、調査に向かいます。状況により変更があるかもしれませんが、明日以降もツヴィンガに入れるよう準備をお願いします」

「分かりました。もしかしたら、急がないと行けませんしね」

「ま、どうせ明日も潜るつもりだったし問題ないよ」

セレスティアとリリアンヌもうなずく。これが魔王のせいかどうかは分からないが、余計に彼女達のやる気を煽ってしまったようだ。俺は内心、不安に押し潰されそうになっていた。


夜になってから潜るつもりだったが、大義名分ができた以上待つ意味はない。ツヴィンガに入ってからパウラを呼び、下層に転送してもらった。

「やはり気持ち悪いな……長居はしたくないところだ」

「では、すぐにパウラめを抱きますか？　抱きますか？　それとも抱きますか？」

「なんだそれは、選択肢のつもりか？　長居はするつもりはないからいい」

ここで若返ってしまうと、元に戻るのに魔力をかなり消費しないといけなくなる。

「そうですか。かしこまりました」

今、舌打ちしたように見えたが気のせいか？

「なんだ、つれない奴じゃな。いつものようにちちくりあってもいいのじゃぞ？」

どこからともなく聞こえてきた魔王の声に、俺は大きくため息をつく。

「……発言にもはや威厳の欠片もないな」

「発言の如何によって揺らぐ威厳などまがい物よ。余の威厳は本物故に、その程度の言葉で傷つきはせぬ」

「格好いいことを言っているように聞こえるが、実のところ中身がないな」

「くく……言うようになったではないか。今日の余は機嫌がいいからな。許すぞ」

許すということは、気にしているということじゃないのか？　まあいい、さっさと話を切り出すとしよう。

「最初に確認しておきたい。さっき地震を確認したが、あれはお前のせいなのか？」

「左様。驚いたじゃろ？　ああしておけば、今更あとには引けんと思うじゃろ」

「魔王復活の可能性が近いと気付かせることで、ここで脱落するのを防ごうということか……。考えた上での話だったんだな」

「当然じゃ。前回のようにのびをしたら地面が揺れたのとはわけが違う」

……そんな理由で最初の地震が起きたのか。まったく、俺はとんでもない奴と契約してしまったんだな。

「それより、報告をいたせ。せっかく来たのじゃ、お主の話が聞きたい」

「分かった。知ってのとおり、姫達は下層に到達した。俺はリリアンヌと対峙し、さらに覚醒段階を上げた彼女に撤退を余儀なくされた」

「うむ、知っておる。あれはなかなかの威力じゃったな」

「いや、そんな軽く言われても困る。危うく死ぬところだったんだぞ？」

「んー、それは困るな。頑張れ」

なんという雑な応援……というか、本当にこいつは魔王なのか、と思いたくなるくらい軽い。とはいえ、その実力が本物なのは痛いほど分かっている。魔王というものはこういう存在なのだ、と俺達が勝手にイメージしているだけにすぎないのかもしれない。

「とりあえず、応援よりも具体的な対抗策がほしい。なんとかならないか？」

「そう言われてものう……。お主が下層の魔素をさらに吸収すれば、ある程度は強くなる。とはいえ、お主の身体はそもそも基礎がなっておらんからの……姫達の成長率にはとても追いつくまい」

「そんなものは百も承知だ。だからこそ、こうして相談してるんじゃないか」

「そこはほら、努力と根性と気合いと知恵と勇気でなんとかならんか？」

「魔王なのに、最も嫌いそうな言葉を並べ立てて応援するのはやめてくれ……少なくとも、下層のゲートに辿り着いたあと、姫達はお前に邂逅するのだろう？　そのとき、奥義を使いこなせるようになった彼女達に対抗できるのか？」

「……言われてみれば！　ふむ、困ったな」

気付いてなかったのか。大丈夫か、この魔王……。

「魔王様、そこは努力と根性と気合いと知恵と勇気でなんとかしましょう」

「パウラ、ないものを使えというのは無理なのじゃ。覚えておくがよい」

「いや、せめて知恵くらいあるだろ」

「細かい奴じゃな……そんなことを言っていると嫌われるぞ？」

「うるさい、今更だ」

散々姫達を凌辱しておいて、嫌われたくないなどという寝言を言うつもりはない。誰彼構わず嫌われてもいいとはさすがに思わないが。

「冗談はともかく、ちゃんと考えてくれ。お互いに死活問題なんだぞ？」

「そうじゃな。……ベルナール、これを受け取るがよい」

目の前に突然赤い光が浮かび上がると、それらが空中で凝縮しより赤く染まっていく。俺が手を伸ばして光を握ると、手にチクリと痛みが走った。そして何か固い感触を覚えるとともに、赤い光は消えた。手を開くと、そこには血のように赤い小さな球体が数個あった。

「これは……？」

「お主の血を使って作った契約の魔水晶じゃ。それは吸収させたものの精神を支配し、意のままに操ることができるようになる」

「おいおい、そんな強力なアイテムがあるなら最初から出してくれ！　そうすればあんな危険な目に何度も遭わずに済んだのに」

「残念ながらそれは無理じゃな。そもそもそれは、我が眷属を作るための魔道具。それゆえ、余の魔力なしには効果が持続せぬ」

「つまり、上層では魔王から受ける魔力の量が少なく、ほとんど効果を発揮できなかった……ということか」

「そうじゃな。とはいえ、下層でもあまり変わらぬであろう。まだここでも距離が遠い。それに、お主の血を混ぜてお主の命に従うように調整をかけておるぶん、精神支配の力も弱くなる。完全に相手を意のままにするのは難しいかもしれぬが、深層心理に働きかけて相手を制御するくらいはできるようになるじゃろ」

「それはつまり、姫が俺の物になると考えていいのか？」

「そうじゃな。余が必要としているのは魔素をたっぷり吸った我が身体の一部よ。姫はお主にくれてやろう」

　そう言われると俄然やる気が出てくるな。これまで何度も味わい楽しんできた彼女達が自分の物になると考えると、それだけで滾ってくる。

「ただし、相手は余の身体を持つ姫達よ。強い心で拒絶されれば契約は不発に終わり、そのアイテムは容易に破壊されてしまう」

「つまり……下層ギリギリまで姫達を引きつけた上に、姫達の心を摩耗させておく必要があるということか」

「うむ、それが確実じゃろうな。なに、今までゲートに姫達を導きヴィオーレを育てるのがお主の役目じゃったはず。大して変わらんじゃろ」

「簡単に言ってくれる……」

「なに、一度契約してしまえば、ある程度離れても精神支配は有効じゃ。ひとりずつ契約していけば問題あるまい」

「それで、これはどういうふうに使えばいいんだ？　相手に飲ませるのか？」

「さすが余が見込んだ男よ、察しがよいな。そのとおり、子宮に契約の魔水晶を飲み込ませれば侵食が始まるようになっておる」

何故俺が下の口に飲ませると思っていると考えたんだ……。しかも子宮にこの玉を入れろ、とはなかなか難易度が高い。いくら玉が小さいとはいえ、果たして子宮まで届くのか？　犯すときに膣に入れてから抽送すればなんとかなるか……。

「結局、やることは変わらないということだな」

「うむ、ではよろしく頼むぞ、ベルナールよ」

その言葉を最後に、魔王の気配は消えたように感じた。と同時に、意識が落ちそうになる。

「ベルナール様、お手を！」

どこかから聞こえるパウラの声に手を伸ばすと、また足元の消える感覚が襲いかかってきた。

「転移、完了致しました」

パウラの声とともに、ベッド腰掛けさせてもらう。俺の部屋に転送されたようだ。

「……そうか。魔素に当てられすぎたのか」

身体に纏《まと》わり付いてくる寒気が引いていくのを感じながら、自分の身に何が起きているかをようやく理解した。

「申し訳ありません。ベルナール様の体調の変化には気付いていたのですが、魔王様との会話に割って入るのを躊躇《ためら》ってしまいました」

「謝ることはない。結界魔導士なのに魔素の侵食度に気付かなかった俺が悪い」

やはり、下層の魔素の濃さは異常だな。姫達はあんな中に突入し、かつ俺と戦おうというのだから恐れ入る。少しだけ彼女達に同情すると同時に、その強さに敬意を覚えた。だが、今更引き下がるつもりはない。戦いの鍵になるのはなんといってもこの契約の魔水晶だ。これを埋め込むことができれば、彼女達は俺にとっての脅威ではなくなる……。

「ん？　待て、結局姫達をそこまで追い詰めるための方策はなにもないということか？」

「そうでございますね」

手にした希望にわずかばかり気持ちが上向いたものの、すぐに疲労が押し寄せてきた。俺がもっと若ければ気づかずに済んだかもしれないものを……。歳を取ると、余計なことにも気が回ってしまう。

「しかもこれ、五個あるじゃないか。一個多いぞ……」

「それは予備ということでよろしいのではないでしょうか。魔王様の配慮ということでひとつ」

「そうだな……お前もたまにはいいことを言うな」

「は？」

パウラは心底不思議そうに真顔で首をかしげる。まるで、自分はいつもいいことを言っているとでも言わんばかりだ。……だめだ、余計に疲労が溜まる。これ以上動ける気がしない。

俺はベッドに倒れたまま目を閉じた。

「少しだけ寝る。日が暮れるまでには起こしてくれ」

「かしこまりました」

深くため息をつくと、俺の意識はすぐに深い闇の底へと落ちていった。


次の日、理事会への報告を終えた俺は、彼女達を教官室へと呼び出した。とはいえ、大した話はないんだがな。

「それで、封印の状態はどうだったの？」

「はい。封印自体はまだ無事ですが、消耗は激しくなっています。一刻を争うというほどでもありませんが、悠長に構えていられるほどでもないといったところでしょうか」

セレスティアに促され、言葉を投げる。

「つまり、私達の代で魔王を封印しなければいけない、ということですね？」

「申し訳ありませんが、そういうことになります」

「それについてはべつに問題ないわよ。どんなことがあっても、一の姫を降りるつもりはないから」

「そうそう、今さら敵に背を向けるなんてありえないよ」

「わたしも……ここまで来た以上はやり遂げたいです」

「私達は必ずや封印を成し遂げてみせます。デュラン教授、今後もよろしくお願い致します」

その目には今までに以上に強い意志が宿っているように見えた。俺はこれから、そんな彼女達の心をへし折っていかなければならないわけか……。下手に希望が見えただけに、それを打ち砕かれたときの絶望感も強いはずだ。

「皆様のお気持ち、確かに確認致しました。ここが正念場です。よろしくお願いします！」

俺の言葉に、四人の姫は大きくうなずく。その真意は彼女達には伝わらないままだがな……。


「若返ることにもすっかり慣れたな……」

パウラとのセックスを終え、自分の肉体が若返ったことを改めて確認する。パウラは着衣を戻しながらも、まだ息を整え切れずにいた。

「トレイトル様、ご武運を……パウラめはこれにて失礼いたします」

「ああ、またあとでな」

俺が軽く手を挙げて返事をすると、パウラは一礼して姿を消した。今日の相手はセレスティアだ。彼女の奥義もパワーアップしてると考えると、気が滅入りそうになる。とはいえ、焦ってどうにかなるものでもない。まずは今日を生き残り、彼女を味わうことに専念するとしよう。


「場違いなモンスターは今すぐ消えなさい！」

セレスティアの放った矢が次々とゴブリン達に刺さり、悲鳴を上げる間もなく消え去る。ゴブリンなどモンスターの中では低級の部類だ、彼女にとっては雑魚にも等しい。下層にまできてそんな敵の相手をさせられたことに、苛立っているらしい。

「そこにいるんでしょ？　隠れてないで出てきなさいよ。それとも、そこの岩陰ごと吹き飛ばしてあげましょうか？」

「やれやれ、せっかちだな。分かった、出て行くとしよう」

大きな岩陰に身を隠していたが、やはりバレていたらしい。魔素がさらに濃くなったことで分かりにくくなったかと思ったが、彼女の前ではもう少し真面目に隠れないと奇襲すらままならなさそうだ。

「せっかく来てあげてるのに、こんな雑魚で私の体力を削ろうなんて、いい根性してるじゃない」

「それでもご丁寧に相手をしてくれる姫君には感謝の限りだな。あまり強いモンスターをけしかけて敗北されては、俺の楽しみがなくなってしまうだろう？」

「リリの奥義を受けて逃げ出したくせに、よく言うわよ」

挑発をしてくるセレスティアに、俺を舐めた雰囲気は感じられない。口ではああ言っているが、今更相手を過小評価することはさすがにないということか。

「なに、あんなものを見せられたからこそ、打てる手はなるべく打っておこうと思ってね」

「その割には来るのが早すぎたんじゃない？　私は全然疲れてないけど」

「どうやらそうらしいな。だが、顔を合わせた以上はやはり君を味わいたいと思うわけだ」

「ゲスね……そういうことを言えるのも今日で最後にしてあげるわ！」

セレスティアが弓を構えると同時に、俺も戦闘態勢に入った。距離を取ると同時に魔法弾を放ち、煙幕代わりにする。弓姫はすぐさま対応して矢を放つと、それが途中で分かれて魔法弾を余すことなく打ち抜いた。

「なるほど、下層に来てただの矢もパワーアップしているようだな」

「相変わらず、自明のことをいちいち語る癖は治らないのね」

「なに、挑発には必要だろう？」

魔弓フェイルノートに、実体の矢は必要ない。弦を引けば魔力が自動的に集まり光の矢となってつがえられる。魔力のある限り矢は尽きないが、そのぶん魔力がなければすぐに

打ち止めとなってしまう。最大の強みであり弱みでもある魔弓だが、妖精族は四種族の中でも魔力が高い者が多い。そんな中で一の姫の座を勝ち取ったのだから、魔力は相当なものだ。

「今日こそ蜂の巣にしてやるわ！」

「その言葉、俺は何度聞けばいいのかな？」

弓姫が放った矢を、今度は俺が光弾で打ち落とす。威力としては互角か、若干俺のほうが押されている。いくら消耗戦とはいえ、押されると厳しいな。

「安心して、今日で最後にしてあげるわ！　耳の鼓膜も打ち抜いて、何も聞こえないようにしてあげる！」

「まったく、可愛い顔をして過激なことばかり言ってくれる！」

無数に押し寄せる光の矢を光弾で弾きつつ、一気に距離を詰める。弓といえば接近されると強みを失うものだが、彼女の場合はそれだけでは勝てない。持ち前の機動力でかわすどころか、逆に接近戦に応じてきた。魔力を乗せた拳をフェイルノートで弾かれ、脇腹に膝蹴りを喰らってしまう。思わず顔を歪めてしまったものの、俺も裏拳で反撃した。

「ちぃっ！　相変わらず弓で殴ってくるのはやめてほしいものだな！」

「消耗戦がしたいくせに接近してくるほうが悪いんでしょ！」

弓の弱点は当然周知していて、体術もなかなかのものだ。多少ダメージは受けるが仕方ない。接近戦で何度か組みあったあと、また距離を取って光弾を放つ。

「接近戦がダメなら遠距離戦ってこと？　まったく、戦術に一貫性がないわね」

「いや、これでいいんだよ。必殺技を撃たれると面倒なのでね……」

奥義の威力はリリアンヌで十分理解している。遠距離と近距離を混ぜることで手札をばらつかせ、強力な一撃を使わせない戦略だったのだが……見通しが甘かったらしい。俺が距離を取ろうした時点で彼女は魔力をため込み、俺の光弾をその身に受けながら構えを取っていた。

「くっ、姑のほうが一枚上手か！」

「我、霹靂《へきれき》を以て罪を穿つ！　奥義、ライトニングピアース！」

ドゴォオオオオオオオオッ！

巨大な光の矢が放たれ、俺は全力で横に飛んだ。かろうじて直撃を免れたものの、壁に刺さった光の矢が爆発して爆風で壁に叩きつけられる。

「ぐはっ⁉」

気絶こそしなかったものの、全身に響き渡る痛みに動きが鈍くなる。すぐさまセレスティアのほうを見ると、彼女のも無事ではすまなかったようだ。大きく後退し、肩で息をしている。これは逆にチャンスだ！　すぐさま光弾を放ち、壁を蹴って彼女に接近する。

「くっ、消費がここまで激しいなんて……うぁっ⁉」

光弾をかわすのが送れ、姿勢が崩れるセレスティア。そこへ接近戦へと持ち込み、彼女の得意を奪う。

「はぁっ、はぁっ……このっ、離れなさいよ！」

「断る！　息を整える暇など与えるものか！」

連続攻撃の応酬にセレスティアも応じざるを得なくなり、互いに満足に回復できないままの攻撃が続く。だが、それも程なくして決着がついた。

「かは……っ！　あ、ぐ……つぅっ」

俺の拳が腹に刺さり、セレスティアの身体がくの字に曲がる。そのダメージで手からフェイルノートが離れ、即座にそれを蹴り飛ばした。さらにセレスティアへと追い打ちの蹴りを打ち込むと、彼女はその場に崩れ落ちた。

「残念だったな。今後も俺の声を聞き続けることになりそうだ」

俺が指を鳴らすと、物陰からゴブリン達が卑猥な笑みを浮かべながら近付いてくる。先程倒された奴らとは別個体だが、とても区別がつかない。

「まさか、こいつらに私を犯させるつもり？」

「なに、こいつらにも参加させるだけだ」

怯えるセレスティアの身体に、ゴブリン達の手が伸びた。

「や、やめて、触らないで……いやっ！」

ゴブリン達がセレスティアを無理矢理立たせ、俺の上に跨がらせる。そのときに抵抗したせいで髪留めがひっかかり、彼女のトレードマークであるポニーテールがほどけた。両手も後ろで縛られたせいで、満足に抵抗もできない。

「これだけの人数に犯される気分はどうだ？」

「そんなの、最悪に決まってるじゃない……。ちょっと、そんな汚いものを近づけないで！」

「汚いものとはどれのことかな？　まさか、今更チンポと口にするのが恥ずかしくなったわけでもあるまい」

「恥ずかしいに決まってるでしょ！　以前、あなたに無理矢理言わされただけじゃない」

「なんだ、覚えていないのか？　感極まってくると、俺が何も言わずとも勝手に口にしているじゃないか」

「な……うそ、そんなわけないわ。うそよ、そんなの信じないから」

顔を蒼白にしながら、セレスティアは小さくつぶやく。どうやら本当に覚えていないらしい。逆を言えば、無意識に俺に感化されているということだな。

「俺の知らないうちに、お前も俺色に染まっていたか。今まで気づかず悪いことをしたな」

「なに勝手に謝ってるのよ。既成事実にしないで！」

「ギヒッ、ギヒヒッ！」

「うるさい笑うなぁっ！　ゴブリンのくせに、私に近付かないで……くぅっ」

セレスティアにとって、ゴブリンはさぞかし汚い存在なのだろう。わざわざ下層に彼らを連れてきた甲斐があったというものだ。

「安心しろ、一番美味しいところは俺がいただいてやる」

「勝手な理屈をこねないで！　結局、私を犯して楽しみたいだけじゃない」

「そこまで分かっているなら、これ以上の説明は不要だな」

ゴブリン達がセレスティアの腋に手を差し入れ、その身体を持ち上げる。

「いやっ、触らないで！　や、いやっ……やめ、やめてよ……」

セレスティアは身体を左右に振って逃げようとするが、今はゴブリンの手を振りほどく力さえない。そして、彼女の秘裂が俺の亀頭の上に来ると、ゴブリン達はにやりと笑ってその手を離した。

「ぎぅぅぅぅぅぅぅぅぅぅぅぅぅっ！」

自重を使った抽送に、セレスティアはくぐもった悲鳴を上げた。

「一気に根元まで入ったじゃないか。マンコの準備ができていたのか、それとも君の体重が重かったのか……それともその両方かな？」

「失礼なこと……言わないでっ！　んぐっ、ぐぅっ……あ、ぐ、うぅぅ……い、痛すぎるぅっ」

「俺は何もしていないぞ？　君が勝手に落ちてきて、俺のチンポを飲み込んだんじゃないか」

「犯させておいて……そんな言い訳ばかり……はっ、はっ、んぐぅっ」

「なんとでも言うがいい。ところで君はいつまでそうしているつもりだ？　自分から動かないのなら、そいつらにまた君を動かさせるが……それがいやなら、自分で動け」

「なっ……私に自ら犯されろっていうの⁉　ぐ、うぅぅ……」

ゴブリンに触れられる屈辱と、自ら腰を振ることの恥辱の板挟みに遭い、弓姫の目尻から涙がこぼれ落ちる。相変わらずいじめ甲斐のある奴だと感心してしまうな。

「分かったわよ……動けばいいんでしょ、動けば」

よほどゴブリンがいやなのか、セレスティアはおそるおそる腰を浮かせ始めた。

「んっ、ぐぅっ……なにこれ、全然腰が上がらない……んぁっ！」

ほんのわずかに腰が浮いたところで、緊張の糸が切れたのか俺の上に着地する。セレスティアはほどけた髪を振り乱し、大きく目を見開いた。

「はっ、はっ、んぐっ……こんなの、動けるわけない……。でも、動かないと……んっ、んくぅぅぅっ！」

セレスティアが腰を持ち上げようとすると、自然と膣襞の締め付けが強くなる。それが肉竿にぴったりと張り付き、密着して動きを制限していた。

「んっ、んぐっ、うぅぅぅぅぅっ！　はっ、はっ、ひぅっ！　あっ、うぁ、はぁっ、はぁっ、んんんんっ！」

少し腰を浮かせては力尽き、チンポを根元まで飲み込む。随分ゆっくりした抽送だが、セレスティアの中がたっぷり濡れていることと、彼女の必死な仕草のおかげで感触は悪くない。

「マンコの中は随分と前から準備ができていたみたいじゃないか。下層に来るまでに積んだ経験が生きているようだな」

「はぁっ、はぁっ……誰のせいだと、思ってるのよ。魔素を吸っただけじゃ、こんなふうになるはず……ないじゃない。んぐっ、くっ、うぅぅっ！」

俺に恨みの言葉を漏らしながらも、セレスティアは必死に腰を持ち上げ抽送を続ける。腰を落とすたびに秘裂から愛液が淫らに飛び散り、甘い匂いを漂わせてきた。

「実にいい眺めだな。弓姫が俺を抜こうと必死に腰を振る姿など、俺以外に見られる奴はいないだろうさ」

「ぐ……絶対に殺す、いつか必ず殺してやるっ！　んっ、んぐっ、んぁっ、ふぁっ、んくぅぅぅっ！」

セレスティアは怒りをストレートにぶつけてきながらも、作戦を変えてきた。腰を高く持ち上げるのを諦め、身体を前に動かすことでチンポを引き抜き抽送してくる。快感の波がやってくる間隔は短くなったものの、手を抜いているとしか思えない。

「やれやれ、この程度ではまったく足りないな。仕方ない、少しはやる気を出せるようにしてやるか……」

彼女は自分の身が穢されることをひどく嫌う。特に髪が汚れるのを極端に嫌うということは知っていた。今回はそれを利用させてもらおう。俺が目配せすると、ゴブリンは下卑た笑みを浮かべながらセレスティアに手を伸ばす。そして垂れた髪を乱暴に掴み、自分達の肉棒に巻き付け始めた。

「汚い手で触らないで……えっ、ちょっとなにするの？　まさか、やめ…………いやぁぁぁぁあっ！」

ゴブリンが気持ち良さそうに扱き始めた髪コキに、セレスティアは予想以上に激昂した。今にも噛みつこうとする勢いでゴブリンに体当たりしようとするが、勢いが足りずあっさりと手で防がれてしまう。

「髪を使われるのはそんなにいやか？　べつに髪を触られたところで痛くもかゆくもないと思うんだが」

「バカなこと言わないでよ！　女の髪をなんだと思ってるの？　この外道っ、腐れ外道！

どこまで私を辱めれば気が済むのよ！」

「もちろん、君が俺の前にかしずくまでさ。それよりいいのか？　俺を満足させない限り、このゴブリン達からも解放されないぞ？」

「ぐ、うぅぅぅっ！　殺すっ、絶対に殺してやるんだから！」

セレスティアは俺への怒りをさらに募らせながら、再び腰を動かし始める。隙あらばゴブリンに肩からぶつかって髪を離させようとするが、これほど密着しては威力が足りない。

「んくっ、くっ、うぅぅ……やめ、なさいよ！　ぐっ、んぁっ、はぁっ、はぁっ……お腹の中、擦れすぎて……くぅっ！」

「ギヒッ、ギヒヒヒッ！」

髪コキを続けるゴブリンは、セレスティアの嫌がる顔にご満悦なのか、下卑た笑みを浮かべる。それがさらに弓姫の怒りを買い、無駄な抵抗を引きだす。

「ゴブリンのくせにバカにしてっ！　このっ、髪を離しなさいよ！　く、うぅぅっ！　どうしてこんなこと……もういや、いやぁ……っ」

抵抗に疲れてきたのか、腰を揺らしながらも声が弱々しくなってくる。だが、マンコは逆に活発に収縮し俺のチンポを締め上げてくる。被虐の快楽に身体が反応しているのは明らかで、それが俺の肉欲をさらにかき立てた。

「いいから動け。それとも、こいつらにもっと髪を巻き付けさせたほうがいいか？」

「ひっ！　や、やるからっ……はぁっ、はぁっ、んっ、んくっ、くぅぅぅっ！　なにこれ、さっきより動きが良くなって……ふぁ、んぁっ、あっ、あんっ、んんっ！」

必死に腰を振り始めたセレスティアの抽送は次第に加速し、それに伴い嬌声も高まっていく。

「はっ、はっ、んんんんっ！　私の髪がこんな奴らに犯され……うぅ、いや、いやぁ……っ」

「まだ足りんな……仕方ない、少し手伝ってやるか」

俺は少し力を入れ、下からセレスティアを打ち上げる。彼女の体重が軽いせいで、若返った俺なら容易に持ち上がる。

「ひぁぁっ!?　やめてっ、いやっ、ふぁぁぁっ！　んくっ、ひぅっ、ひぅんっ、ひぃぃぃいいっ！　んぁっ、あっ、擦れすぎてっ、腰が抜けちゃうっ、ひぁぁぁっ！」

「おいおい、俺に任せて自分だけ楽をするんじゃない。ゴブリンに髪をもうひと巻きさせたほうがいいか？」

「だ、だめっ！　それだけは許して！　やるっ、やるからっ……はっ、はっ、んぁっ、あっ、んんんんんっ！」

セレスティアはボロ泣きしながら必死に腰を持ち上げ、抽送を繰り返す。左右から髪を巻きつけたチンポに脅され、快楽を貪る彼女の姿は実に無様だ。さっきの脅しが利いたのか、腰の動きは淫らに激しくなり、より追い詰められた表情が俺の肉欲をそそる。

「んぐっ、はぐっ、んんんんっ！　だめっ、だめぇっ……どんどん、いやらしくなっちゃうっ、はひっ、ひんっ、ひんっ、ひぃんっ！」

「今更何を言っている？　君はツヴィンガに潜り、俺に犯されるたびに淫乱になってきたじゃないか。もはや、君にとって潜るということはより淫らに堕ちていくと同義だよ」

「違うっ！　私は、私は……んぁっ、あっ、んぐっ、はぐっ、ひぐぅぅぅぅっ！」

俺が腰を突き上げ、セレスティアの膣奥にまでチンポをねじこむ。その一撃に、セレスティアは大きく胸を突き出して悲鳴を上げた。

「はひっ、ひんっ、ひぃぃぃぃっ！　子宮っ、押し上げられてっ、ひぁっ、やめっ、んんんんっ！　直接っ、刺激っ、加えないでっ！」

「いいじゃないか。俺とゴブリンの精を受けて、極上の快楽に溺れるがいい！」

「だめっ、だめぇっ！　出さないでっ、中もっ、外もっ、私を穢さないでぇっ！　いやっ、きちゃうっ、今出されたら耐えられないっ、イキたくないっ、ひんっ、ひっ、ひっ、ひぁぁぁぁぁぁぁっ！」

どぴゅるるるるうるるるるるっ！

セレスティアの感極まった悲鳴とともに膣内が急激に締まり、俺の欲望も一気に限界を迎えた。彼女の胎内へと吐き出す熱い欲望を受けて、弓姫はさらに甲高い悲鳴を上げる。

「あぁぁぁぁぁぁぁぁっ！　いやぁぁぁぁぁぁぁぁぁぁぁぁっ！」

俺が射精すると同時に、ゴブリン達もセレスティアに向けて白濁をぶちまける。

「やっ、やめてっ、いやぁぁぁぁぁぁっ！　お願いやめてっ、もう許してっ、いやっ、やっ、あっ、あっ、ふぁぁぁぁぁぁぁっ！」

白い肌をゴブリンに穢され、泣き叫びながら絶頂を繰り返す弓姫。膣をきつく締め上げ、俺のチンポから精液を搾りながらイキまくる様に、俺の脳裏で何度も快感が爆発した。

「いいぞ、もっとイクがいい、もっと楽しませろ！」

「いやっ、いやぁっ、いやぁぁぁぁぁっ！　もうイキたくないっ、出さないでっ、かけないでぇぇぇぇぇぇっ！」

「ギヒッ、ゲヒヒヒッ！」

下卑た笑いを浮かべながら、チンポを揺らして精液を浴びせ続けるゴブリン達。セレスティアの髪や顔、胸に白濁がぶちまけられていく。

「はひっ、ひんっ、ひぃぃぃぃっ！　いやっ、やっ、あっ、んぁっ、あひっ、もうっ……無理っ、またイクっ、イクぅぅぅぅぅぅぅっ！」

弓姫はひときわ大きく髪を振り乱して叫んだかと思うと、今度は糸が切れたようにうなだれた。だらしなく開いた口は涎《よだれ》が少し垂れていて、彼女にしては随分と情けない姿だ。なにより、全身にぶちまけられた精液が彼女を醜く穢し、それが俺の肉欲をまたかき立てた。

「ひっ、ひぐぅ……っ、うぁ、あ、あぁぁ……」

俺が追い射精をかけると小さな声で反応するものの、すぐに声は消えてしまう。目は開いているものの視線は虚ろで焦点が定まっていない。

「なんだ、気絶したのか……そんなに気持ち良かったのか」

俺が腰を軽く持ち上げると小さくうめき声を漏らしたものの、反論はない。俺はゴブリン達を下がらせると、身体を起こしてゆっくりと彼女を床に横たわらせた。

◆

この図書館には、それなりに学生達が現れる。そのほとんどは課題を調べるために本を借りたり読みに来る者ばかりで、純粋に本をたしなむ者は多くない。一、二時間もするとほとんどの学生は図書館からいなくなってしまい、今日も中は静かになっていた。

「司書さん、本の返却をお願いいたします」

「かしこまりました。ツヴィンガの攻略いつもご苦労様です」

「ありがとうございます。この図書館は私の癒やしでもありますので、私もあなたにはいつも感謝しています」

「はは、リリアンヌ様にお褒めいただけるとは。年甲斐もなく顔が火照ってしまいますな」

白髪の司書は、困った顔をしつつも笑顔を向ける。適度な距離感を保ってくれる司書は、ツヴィンガ攻略の中で男性が苦手になったリリアンヌにとって接しやすい存在のひとりだった。

「今日は用事がありますので、本だけ借りていきますね」

「かしこまりました」

リリアンヌは司書に背を向け、本棚のほうへと静かに歩いて行く。誰もいない本棚を歩くことは、まるで本の森に迷い込んだようで、落ち着きつつも気分が高揚してしまう。そんな妄想を頭の中で繰り広げながら図書館の奥へと向かっていると、ふと人の気配を感じた。

(奥の方の図書を利用している人が他にいるなんて、珍しい……)

そんなふうに思いながら本を選び始めようとすると、人の声が聞こえてきた。

「こんなところに連れこむなんて、なんて悪い子だ」

「でも、私の誘いの意味が分かってるのについてきたじゃない。あなたも悪い子じゃない？」

声からふたりとも女性だと分かるのに、その言葉はまるで演劇のように芝居がかっている。小声ながらも聞こえてきたその声に誘われるように、リリアンヌは声の主を覗き見てしまった。

「えっ……？」

◆

「はぁ……参ったな、何も思い付かない」

下層での姫攻略を始めてみたものの、リリアンヌへの対策は何も思い付いていなかった。契約の魔水晶を使うためには、下層ゲートに辿り着くまでに彼女の心を限界まで疲弊させる必要がある。今までの責めも大概酷いものをやってきたつもりだ。だが、未だに彼女の心が折れないことを考えると、なし崩し的に責めてもどうにかなる気がしない。

突然、図書館から誰かが飛びだしてきて廊下に座り込む。思わず身を引いてしまったが、よく見るとリリアンヌだった。

「リリアンヌ様、一体どうなされたのですか?」

慌てて出てきた司書も取り乱している様子を見ると、彼も事態を飲み込めていないらしい。リリアンヌは顔を真っ赤にしてその場にうずくまり、こちらを安心させようとしてなのか手で制してくる。

「すみません、体調を崩したわけではないのです。……その、お気になさらずに」

「どう見ても様子がおかしいのですが。医者に診てもらったほうがいいのではありませんか?」

「いえ、本当に大丈夫ですから……」

そう言いながら、リリアンヌは俺に目で助けを求めてきた。理由は分からないが、司書には話を聞かれたくないということか。

「私がお連れしましょう。あなたは図書館に戻っていただければと」

「分かりました。リリアンヌ様、お大事になさって下さい」

心配そうな顔をしながらも、司書は図書館へと戻っていった。当面の危機は去ったものの、さすがに姫が廊下で座り込んでいる姿など、一般生徒に見せるわけにはいかない。表向きは、彼女達は無敗の英雄なのだから。

「リリアンヌ姫、おひとりで立てますか？」

「はい、大丈夫です。……申し訳ありません」

「いえ、司書も口が堅いので大丈夫でしょう。それより、早めに人目につかないところに行きましょうか」

リリアンヌはなんとか立ち上がったものの、なにかにショックをうけた様子で、ひと目見れば誰もが不安になる顔だ。とりあえず、教官室に彼女を連れて行くことにした。

「どうぞ、少しは落ち着くと思います」

温かい紅茶を淹れて彼女の前に置くと、リリアンヌは控えめに頭を垂れた。

「申し訳ありません。お恥ずかしいところをお見せしました……」

何があったのか聞きたいところだが、どう聞けばいいのか悩むところだ。うまく聞き出せればいいんだが、あいにくとそういう技術は今まで磨こうと思ったことさえない。

「……デュラン教授、個人的なことをお尋ねしてもよろしいでしょうか？」

「なんでしょうか？」

「あ、あの……教授は、その……キス、の経験はあるでしょうか？」

「……は？」

一瞬、思考が止まった。このいい歳をして浮ついた話の欠片もない、授業でももてはやされることのない中年男性に、まさかリリアンヌが浮ついた話をするか？　それとも俺の聞き違いか？

「あっ、いえなんでもありません！　今の話は聞かなかったことに！」

リリアンヌが慌てて言葉を取り下げようとしたところを見ると、どうやら俺の聞き間違いではないらしい。

「いえ、残念ながらそれはできません。私は姫のサポート役ですから、心にしこりを残したままでツヴィンガ攻略を指示できません。些細なことでも構いませんので、話していただけませんか？」

そう言うと、リリアンヌは逡巡した後、俺から視線を外したままゆっくりと口を開いた。

「実は……図書館で、その、見てしまいまして……」

「キスを、ですか」

リリアンヌは小さく首を縦に振る。ツヴィンガ内であれほど激しく犯された彼女が、キス程度で赤面しあれほど取り乱すとは、信じられんな。

「女性、同士で……唇を重ねるなんて……私、そんなこと……」

「なるほど、同性がキスしているところを目撃してしまって、驚いてしまったということですね」

確かに同性でキスをするところなど俺も見たことはないが、そういう趣味の者もいるんだろう。たがやはり、彼女の反応は正直言って異常だ。

「あのようなことは……最近では流行っているのでしょうか？」

「どうでしょうか。私はあいにくそういう話には疎いので……。しかし、リリアンヌ姫がそこまで驚くとは意外でした」

「えっ？　キスとは本来、愛しあうふたりがお互いの想いを通いあわせる儀式ではないのですか？　私はそう教えられてきたのですが……。少なくとも私にとって唇を重ねることは契約にも等しい行為です。あんなに軽々しくできることに、ショックをうけてしまって……」

「なるほど、そういうことだったのですね。確かに、最近は昔よりも自己表現の幅が広くなり、そういう人達も出てくるようになったのかも知れませんね」

「そう……なのですね」

リリアンヌは少し寂しそうな顔をしながら押し黙ってしまった。図書館でキスをしていたふたりをただれた関係だと批判したいわけではないということか……。

「ご迷惑をおかけしました。もう大丈夫かと思います」

「あまりご無理なさらないように。下層は中層以上に危険ですから、心身ともに万全の状態で挑んで下さい」

「はい、ご心配ありがとうございます。ですが、この程度のことで揺らぐ私ではありませんから。剣姫の名に恥じない戦いをするつもりです」

リリアンヌはゆっくり立ち上がると、静かに部屋をあとにした。ここに入ってくるときはかなりふらついていたが、出ていくときの足取りはしっかりしていた。

「さて、面白くなってきたな……」

俺はリリアンヌの思わぬ弱点に、内心でやる気がふつふつと湧き上がるのを感じていた。


「ほう……今回は思った以上に進んでいるな」

先日の進捗報告からは一転して、攻略に積極的になっているらしい。既に下層に慣れたという可能性もあるが、先日のリリアンヌの様子を考えると、彼女を突き動かしている原因は別のところだろう。おそらく姫達同士でなにか話しあって元気をもらい、やる気を出したに違いない。

「トレイトル様、お気をつけ下さい。油断は大敵です」

「油断？　そんなつもりはないが……お前にはそんなふうに見えたか？」

「いえ、単純に彼我の差が逆転しつつあるので、お気をつけ下さいと進言したまでです」

「そうだな……勝ったあとのことを妄想するのもいいが、まずは勝たねばならんからな」

浮かれていたのは事実だ、少し気合いを入れ直さないといけない。万が一、奥義を制御できるようになったのであれば致命的だからな。その確認のためにも、浮き足だった状態で戦うのはよくない。

「パウラ、礼を言う」

「もったいないお言葉でございます。では、行ってらっしゃいませ」

パウラに見送られ、俺はリリアンヌ迎撃へと向かった。

全身が石材に似た材質でできたストーンゴーレムが、剣姫の斬撃を受けて倒れる。四本の腕を持ち、かなりの防御力があるストーンゴーレムも、覚醒したリリアンヌの前ではもはや敵ではなかった。

あいつを難なく切り伏せるか……さらに強くなっているな。物陰からリリアンヌを観察していると、俺の視線に気付いたのかゆっくりと振り返った。

「ようやく来ましたか、トレイトル……覚悟なさい！」

リリアンヌは自信と覚悟に満ちた目を見開き、接近戦を挑んでくる。まずはこの状況を切り抜けなければな。

彼女の剣閃を紙一重のところでかわし、なるべく体力を使わせる。攻撃と防御を適度に織り込み、勢いに乗せない。

「くっ、少しは対策を考えてきたようですね」

「君のほうこそ、俺をいなすのに随分と慣れてきたみたいじゃないか」

もう小手先の魔法で彼女の体力を削りきることはできない。だが、無駄な動きをさせることはできる！

太刀筋とは別方向から湾曲するように魔法弾を放ち、防御と回避に意識を向けさせる。同時に床へと魔法陣を打ち込み、罠を張っていく。全てが罠ではなく、何の効果もない魔法陣も折り込んだ。虚実を組みあわせることで意識をさせ、より疲弊させるという寸法だ。

「小細工ばかりで私に勝てると思わないことです！」

リリアンヌの瞳がさらに輝き、覚醒段階が上がる。だが、奥義など撃たせる暇は与えない。今度は俺から接近戦を挑み、積極的に手を出していく。威力のことなる魔法弾を放ち、見た目に騙されて直撃を受けながらも攻撃してくれれば体力を削られる。時間稼ぎのための小細工ならこちらのほうが有利だ。

「はぁっ、はあっ、んんっ！　く……時間が……」

「俺と戦っている最中に他のことに気を取られるようではな！」

至近距離で爆発魔法を仕込み、リリアンヌへと両手を突き出す。即座に反応した剣姫は、ダインスレイブを掲げて防御の姿勢を取った。

ドゴォオオオオオン！

派手な爆発が起き、衝撃に弾き飛ばされそうになる。リリアンヌも踏ん張ってそれに耐えたようだが、その代償として剣が宙を舞った。

「あっ！ く……う、はぁっ、はぁっ、はぁっ……」

剣を握った手を震わせ、それでも俺の前に立ち続けるリリアンヌ。気概は買うが、勝負は決した。

「今回はさすがに冷や汗をかいた。剣姫がここまでやるとは、正直侮っていたよ」

「また……剣先が届かなかった。あと少しだったのに……」

かなり発情しているのか、内股を小刻みに震わせながら悔しそうに俺を睨み付ける。剣を取りに行く素振りを見せないのは、それができないほど消耗しているということだろう。

かくいう俺も、今回ばかりは体力を消耗しすぎた。

「今日は趣向を変えて、こいつに君を犯させることにしよう」

疲弊して動けない彼女の背後に巨体が姿を現すと、四本の腕で彼女の四肢を掴み取った。

「ひぃっ⁉ な、なんですかこれは……こんな、大きすぎます！」

華奢な身体を持ち上げられたリリアンヌは、その正体を見ようとして股間の下から覗くモノを見て怯えた声を上げた。それはストーンゴーレムのチンポだ。それは彼女の足首よりも太く、そして長い。リリアンヌは彼のチンポに跨がるように座らされ、その固さは秘裂で直接味わっているはずだ。あまりにも異様なその姿に、彼女の顔から血の気が引いていくのを見て、俺の嗜虐心《しぎゃくしん》が煽られていく。

「一度は屠った相手に捕らえられ、為す術もなく犯されるというのもなかなか趣深いとは思わないか？」

「そんなこと……んくっ、思うわけがないでしょう！」

リリアンヌは必死に否定の言葉を吐くものの、心に芽生えた恐怖を押し殺せてはいない。その上、下層の魔素を大量に吸って発情した肉体は、ゴーレムのチンポに触れてさらに昂ぶっているはずだ。

「ほう、竿がもう君の愛液で濡れてきているな。今のうちにたっぷり濡らしておかないと、膣内が大変なことになるだろうな」

「い、いや……こんなものを中に入れられたら、私の中は……う、くっ、くぅぅぅっ！」

リリアンヌは少しでも逃れようともがき始めるが、剣すら握っていられない彼女に脱出など不可能だ。そもそも、ストーンゴーレムの怪力であれば、捕まえてしまえば覚醒した剣姫さえも抗えまい。肩を突き出しながら逃げようとする彼女の姿は滑稽《こっけい》で、そのたびに秘裂がチンポと擦れあって愛液が垂れ落ちていく。

「時間をかけて塗りたくるといい。もっとも、時間をかければかけるほど、君の身体は火照りを覚えてチンポが欲しくなるだろうがな」

「ぐ、うぅぅ……っ！　私は、ただの一度も犯されたいと望んだことはありません！」

「本当かね？　実はツヴィンガの外で、犯されたときの快楽を思い出し、自分を慰めたりはしていないのか？」

「……っ！」

　リリアンヌは目を見開き息を飲んだ。慌てて顔をそらすものの、先程の表情が全てを物語っていた。

「はははははっ！　まさか図星だったとはな！　清純可憐なふりをしていながら、すっかり淫乱になっていたとは……いや失礼」

「誰のせいで私がこんなに苦しんでいると思っているのですか！　全てはあなたに……」

「俺が犯したせいか？　そうだな、そのとおりだ。ならば責任を持って君をさらなる快楽の沼に落としてやろう。まずはそいつにたっぷり犯されるといい。ヴィオーレ使いは肉体的にも強化されているはず。その程度で死にはしまい」

「ものには限度がありますっ！　いやっ、ダメっ、入るわけが……あっ、あ、あぁ……があぁぁぁぁぁぁぁぁぁぁぁぁぁぁぁっ！」

　ゴーレムが勢いよくチンポを押し込み、リリアンヌの膣道を貫く。リリアンヌのお腹がチンポの形に膨らみ、どこまで挿入されたのかがあからさまに分かった。

「あ……が、ぎぃっ……ひぐっ、お腹、に……そん、な……あぁぁぁぁぁぁっ！」

半分ほど入ったチンポがさらに押し込まれ、リリアンヌは目を見開いて絶叫する。それを目の前で眺めているだけでも、股間がはち切れそうになった。さらにゴーレムのチンポがねじこまれ、必死の悲鳴が目の前から聞こえてくる。胸を突き出し、涙を流して絶叫する彼女の姿をこうして客観的に見るのは、案外初めてかもしれない。それほど挿入したときの膣の快感は強く、自然と意識がそちらに流されてしまうのだろう。そのおかげで、清純な彼女の穢れゆく姿をこうして堪能することができそうだ。

「はぐっ、ぐ、うぅ……止まった？　ひぎぃぃぃぃぃっ!?」

挿入が終われば、当然引き抜きが始まる。そんなことさえ気付かないほど追い詰められていたらしい。一瞬、気が緩んだところに再び刺激を与えられ、リリアンヌは目を見開いて俺の前で泣き叫ぶ。

「休む暇などないぞ？　なにせ、そいつは俺よりも体力があるからな。たっぷり遊んでもらうといい」

「トレイトル……ぅぅぅうっ！　んぁっ、がっ、がぁぁぁぁっ！　また深くっ、刺さってっ、ひっ、ひぎぃぃぃぃぃっ！　中っ、焼けてしまいますっ！」

ゴーレムが剣姫の腕を引くと身体が持ち上げられ、挿入角が変化する。そこに暴力的な挿入がリリアンヌの膣奥を貫き、さらに背中を反らして泣き叫ぶ。それでも必死に歯を食いしばり、剛直の抽送に抵抗を試みる。既に魔素は体中に行き渡って発情し、敏感になっ

た膣襞を容赦なく扱かれているというのに、大した精神力だ。

「なかなか強情だな。では少しやり方を変えてみるとしようか」

「はっ、はっ、んぐぅぅっ！　動きが、変わった？　はんっ、あんっ、んっ、んぐっ、ぎっ、ぐぅぅっ……この程度で、私を籠絡などできませんよ？」

ゴーレムの動きが深い抽送から、奥に突き入れたまま小刻みな動きに変わる。とはいえ、人間のように機敏に動けるモンスターではないため、その動きはやや緩慢だ。

「少し加減された程度で、よくそこまで強がりを言えるものだな。それとも、この程度の責めでは物足りなくなったか？」

「なにを……バカなことを！　私が……んぐっ、はぐっ、んぁっ、んっ、んぅぅぅっ！　被虐の快楽を求めているはずが、んんっ、ないでしょう!?」

「俺は物足りなくなったのか、とは聞いたが、被虐の快楽を求めているとは言っていないぞ？」

俺の言葉に、リリアンヌははっとなって頬を朱に染めていく。揺さぶられながら犯される剣姫の身体が、小刻みに震えだした。

「わ、私はっ……あなたが、普段から……んぁっ、んっ、んぅぅっ！　そのような言葉を、何度も言っているから……はっ、はっ、んんんっ！」

痛みと快楽で精神的に追い詰められているのは間違いなさそうだな。普段の彼女であれば相手に言葉尻を取られるようなことも言わないだろう。

「つまり、俺色に染まってきたということだな。いいじゃないか、もっと自覚してくれ」

「く、うぅぅっ！　んっ、んぐっ、はっ、はっ、ひぃんっ！　はっ、はっ、んぐっ、くっ、んんんんっ！」

リリアンヌは一瞬俺を睨み付けた後、目を閉じてまた歯を食いしばって耐え始めた。とはいえ、既に発情しきった身体は快楽に抗えないらしく、時折喘ぎ声が漏れる。

「いつまで目を反らすつもりだ？　君はヴィオーレを使うために魔素を吸った結果、身体が興奮状態を覚えるようになった。そして俺に犯され続けた結果、身体が魔素を吸うたび、俺と戦うたびに発情するようになった事実を」

「んぐっ、はぐっ、んんんんっ！　なんと言われようと、私はあなたの口車には乗りませんっ！」

「そうか、ならばさらに興奮するように俺も少し手を加えてやろう」

ゴーレムに揺さぶられ、長い髪を揺らしながら犯されるリリアンヌに一歩近付く。俺は剣姫の顎に手を当ててこちらを向かせると、乱暴に唇を奪った。

「んっ、んんんんんっ！　んぐっ、んぶっ、ちゅぶるっ！　んっ、んむっ、ちゅっ、んんんっ！」

リリアンヌは目を見開き、大粒の涙を流す。必死に嫌がりながら顔をそむけようとするが、身動きを奪われた上に犯されている彼女に力ずくで抵抗などできはしない。前のめりの姿勢で犯されているせいで突き出した顔を上げさせ、何度も唇を吸い、舐め、味わっていく。

「いや……いやぁ……んむっ、んっ、んんんっ！　ちゅっ、ちゅむっ、ちゅぷっ、ちゅっ、ちゅっ」

「おっと、キスは初めてだったか。そのわりには随分と情熱的だな」

「あ……うぅぅっ！　あなたに唇を奪われるなんて……うっ、うぅぅ、んむっ、ちゅっ、ちゅぷっ、んむっ、んんんんんんっ！」

リリアンヌはキスに対してのこだわりがあるようだからな。それを穢せば相当ショックを受けるはずだ。最後まで言わせることなく口を塞ぎ、さらに舌を差し入れようとする。

だが、さすがにそこまではさせてくれず、すぐに口を閉じられてしまった。

「んむっ、ちゅっ、ちゅぷっ……卑怯、ですっ……んっ、んんっ、んぅぅぅっ！」

俺が唇を執拗に吸うと、そのたびに剣姫は大粒の涙を流して悶え苦しむ。そこにあわせてゴーレムの中層が加速し、彼女の身体が大きく揺れた。

「んぐっ、んっ、ぎぅぅぅっ！　はっ、はっ、私は……んぐっ、んぁっ、あっ、んむっ、ちゅっ、ちゅむっ」

ゴーレムの抽送に苦悶と艶めかしい喘ぎ声を漏らしながら、必死に耐えようとするリリアンヌ。軽く乳房をなぞると、それだけで身体が小さく跳ねて筋肉を硬直させる。俺や化け物にいいように弄《もてあそ》ばれ、傷つき怯える彼女の様子を観察するのは実に興奮する。

「乳首もこんなに固くなってるじゃないか。これだけ淫乱になったのだから、ゴーレムのチンポもさぞかしお気に召したんじゃないか？」

「んっ、んぐっ、んんんんっ！ はっ、はっ、そんなわけ……ありませんっ！ こんなもので、中を、かき回されて……心地いいわけが……ひぁぁぁぁぁぁっ！」

ゴーレムが勢いよくチンポを突き立て、リリアンヌが目を見開き絶叫する。顔を振り上げ、顎を突き出して泣き叫んだ彼女に、再びキスで追い打ちをかけた。

「んぐっ、んっ、んぅぅぅっ！ やめ……やめて……ちゅっ、ちゅむっ、んっ、んぅぅぅっ！ そんなに激しくっ、ひっ、ひぐっ、あんっ、んっ、んくぅぅぅっ！」

リリアンヌは予想以上にキスに対してショックを受けているようだ。必死に言葉を紡ごうとしているが、その瞳には涙がなみなみと溢れ今にも心が折れそうだと哀願しているように見えた。そんな彼女の苦しむ姿を見ていると、興奮が抑えきれなくなってくる。

「君の顔を見ていると我慢ができなくなってきたよ。ゴーレムもそろそろ限界だ、たっぷりと全身で味わうといい」

「ひぐっ、んぐっ、ぎぅぅぅっ！ はっ、はっ、だ、だめ……今、中に出されら……んぁっ、んっ、んんんんっ！」

恐怖に駆られ、必死に首を振りながらいやがるものの、全身から噴き出した汗が辺りにまき散らされるばかりだ。彼女の甘い匂いが辺りを満たし、さらに俺の興奮を煽る。

「身も心も穢れてゆけ、リリアンヌ。そして俺に頭を垂れるがいい！」

「誰があなたにそんなことをするものですか！　んぁっ、あっ、あぐっ、ひぐっ！　イッ、イクっ、くっ、うぁっ、あっ、あっ、あぁぁぁぁぁぁっ！」

ゴーレムがリリアンヌの四肢を引きつけ、チンポを奥までねじこんだ瞬間、ゴーレムの射精が彼女を白く穢した。

どびゅるるるるるるるるるるっ！

「がぁぁぁぁぁぁぁぁぁぁぁぁぁっ！　ひっ、ひぎぃぃぃぃぃぃぃぃぃぃっ！」

ゴーレムの大量射精を膣内に受け、大きく身を震わせながら泣き叫ぶリリアンヌ。その最高の被虐顔に、俺の欲望をたっぷりぶちまける。

「あっ、がっ、ぎぃぃぃぃぃいっ！　ま、まだ出るっ、出されてっ、ひぁっ、あっ、あひいいいいいいいいいっ！」

一瞬、頭が外れるかと思うほど振り上げたかと思うと、力なくうなだれる。

だが、すぐに次の射精が彼女の膣奥を穿つと、再び身体を震わせて顔を上げた。

「ひっ、ひぎぃぃぃぃっ!?　な、にっ、いぃぃぃぃっ！　イッ、イクっ、いやっ、いやぁぁぁぁぁぁっ！」

「はははっ！　あまりの気持ちよさに意識が飛んだか？　だが、すぐに戻ってこられたようでなによりじゃないか」

「や、やめ……いやっ、いやぁぁぁぁっ！　やめてっ、もうイキたくないっ、いやぁぁぁぁぁっ！」

彼女の泣き叫ぶ顔が肉欲を刺激し続け、俺は顔射を繰り返す。俺の精液を浴びて泣き叫びながら、それでも耐えきれず絶頂を繰り返す姿に、今までになく充実感を覚えていた。

「だめっ、もうっ、耐えられ……あっ、あっ、あっ、あっ、ふぁっ、ひぁっ、あぁぁぁぁぁぁぁぁぁぁっ！」

リリアンヌの身体がひときわ大きく跳ね、ようやく射精が終わる。彼女の悲鳴がそこで途切れたものの、その表情には疲労の色が色濃く残っていた。

「はぁっ、はぁっ、あ……が、ぐぅ……っ、ひぁっ、あぁ……んぁぁっ……」

股間から大量の精液を吐き出しながら、荒いため息をつくリリアンヌ。その疲弊しきった様子を眺めながら、俺は愉悦に浸るのだった。

「皆さんもご存じのとおり、ヴィオーレは各国の英雄が持ち帰った魔王の身体の一部を加工された武器であり……」

いつものように講義を続けながら、出席しているリリアンヌをちらりと見る。普段ならば真面目に受けているはずの彼女が、最近はぼーっとしていることが多くなっていた。俺と目が合うと、慌てて顔を伏せて書き物の仕草をしている。避けられているのは確かだが、その様子が彼女にしては随分と雑だ。

一刻を争うほどの状況ではないことと、一般生徒への不安を煽らないようにするため、ツヴィンガ攻略のスケジュールは姫に一任されている。体調が悪いのか、リリアンヌは最近ツヴィンガに潜っていない。俺としてもツヴィンガに行ってもらわないと彼女を犯すことができない。そろそろ問いたださないといけないか……。

講義が終わり、学生達が捌けていくのを見ながらリリアンヌの様子を窺う。彼女の動きは優雅さこそあるものの、やはり以前と比べてやや緩慢になっているように見えた。学生が周りにいなくなったのを見計らい、リリアンヌに声をかける。

「リリアンヌ姫、少しよろしいですか？」

「っ!? は、はい……なんでしょうか？」

「最近、お加減が良くないようですがいかがですか？」

「申し訳ありません……。もう少しだけお待ちいただければ。今週中には必ず向かいますので」

「ああいえ、急かしているわけではないのですが」

俺が軽く手を伸ばすと、身を引くリリアンヌ。自身の仕草に気付いたのかはっとなって、顔が赤くなった。

「申し訳ありません、デュラン教授。私、これで失礼します……っ！」

リリアンヌは大きく頭を下げて礼をすると、逃げるように走って行ってしまった。まだ講義が残っている以上、学内には残っているはずだ。となると、図書館だな。

「おや、ベルナール先生。リリアンヌ姫でしたら奥にいますよ」

「入ってきて早々目的が露見するとは思いませんでしたよ。さすがですね」

図書館に行くと、司書がすぐに声をかけてきた。

「最近、リリアンヌ姫のご様子がよろしくないようでしたので。さて、私は少し席を外します」

司書はそう言って受付を出て図書館を閉めてしまった。秘密のカウンセリングをする……とでも思っているのだろうが、それはそれで好都合だ。俺は音を立てないよう、図書館の奥へと向かう。

「はっ、はっ、んくっ……だめ、抑えないと……んんっ、はぁっ、はぁっ、う、うぁ、うぅぅ……っ」

「リリアンヌ姫、少しお話が……」

書棚の角を曲がってリリアンヌと目が合った瞬間、彼女の顔が蒼白になる。だが、逃げられるかと思いきや、その反応はまったくの逆だった。

俺は壁に押し付けられ、派手な音が図書館に響く。リリアンヌは俺より背が低いにも関わらず、俺の肩の上に手を突き出して退路を塞いできた。

「うぉっ⁉　ど、どうしました？」

「はぁっ、はぁっ……教授、申し訳ありません……私、限界で……んぁっ、あっ、はぁっ……」

「えっ、それはどういう……」

彼女は俺の問いに答えることなく、自らコルセットを外しスカートを脱ぐ。ブラウスも苛立ちながらボタンを外し、胸を露わにした。

「ちょ、ちょっと、リリアンヌ姫⁉」

彼女が日常的に発情し、それを押さえ込んできた反動がここで出てきたことはすぐに理解できた。だが、ここは敢えて戸惑う振りをしておこう。

「教授……私、だめなんです……はぁっ、はぁっ、身体の火照りが収まらなくて……んっ、んんんんっ！　先日の……教授に、寄り添ったときから、んくっ、んんんっ……男性の、匂いに、反応してしまって……」

苦しげな、悩ましげな顔をしながら、彼女は俺の下半身に手を伸ばす。手探りでズボンからチンポを取り出し、細い指を絡め始めた。

「くっ、リリアンヌ姫……いけません、こんな……」

「はぁっ、はぁっ、はぁっ……分かっています、分かっているのです。んんっ、ですが……もう限界、なんです！　いくら自分で慰めようとしても……物足りなくて、んんっ！　教授の匂いを嗅いだら、身体が勝手に熱く……うぅぅぅっ！」

「それで私を避けていたのですね。それに気付かなかったとは、申し訳ありません」

「教授のせいでは……んくっ、ありませんっ。全ては私の弱さのせい……トレイトルの仕業、なのですっ……」

やはり、俺のせいということではあるが、さすがにそれを口にはできない。そうこうしている間にも、リリアンヌの指先は俺の勃起したチンポをそっとなぞる。もうそれだけで身体が震えあがり、今にも彼女を押し倒したい衝動に駆られた。

「あの男に、何度も犯されて……敏感になってしまって……はぁっ、はぁっ、男性の匂いで……あのときのことを思いだしてしまって……うぁ、うぅぅぅっ！」

リリアンヌの下着に染みが広がり、太股に透明な液体が流れ落ちる。触れてもいないのにそこまで濡れるようになるとは、だいぶ魔素に犯されているということか。

「魔素とトレイトルとの戦いの影響が、想像以上に悪い状況に働いていたのですね……」

「う、うぅぅ……だめ、ですっ……耐えられ、ないっ……教授、申し訳ありませんっ……もう一度だけ……私に、ご協力を……」

そう言いながら、指が俺のチンポをまさぐる。愛おしそうになぞるその指は実に卑猥で、快感が次々と流れ込んできた。必死に耐えようと目を閉じ、唇をきゅっと結んでいる姿は、実に艶めかしい。

「私、教授とこんな関係に……なりたい、わけではないのです……ですが、教授以外に、こんなことをお願いできる人は……はぁっ、はぁっ」

「ですが、このままでは……その、私は姫と……」

「分かっていますっ！　自分の身体を慰めるために、教授を利用する、なんて……はしたないと、思っています……。こんなに弱くて、卑猥な女が教授を穢すなんて……申し訳ないと、んぐっ、でもっ、耐えられない……はぁっ、あぁ……」

俺への申し訳なさも相まって、彼女の心は相当悲鳴を上げていることだろう。ただ、それが今は心地よくて堪らない。

「分かりました。姫がそこまでお辛いのでしたら、私は協力を惜しみません」

「ありがとう……ございますっ、そして、ごめんなさい……。せめて、私が教授を、気持ちよく……はぁっ、はぁっ、んんんっ！」

リリアンヌはじれったいとばかりにチンポから手を離すと、足を開いて下着を横にずらす。そしてつま先立ちになって俺に密着すると、いきり立ったチンポに腰掛けるように挿入してきた。

「うぁ……う、くぅぅぅぅぅぅぅっ！」

「ぐっ、くぅぅぅぅっ！」

変身していないリリアンヌの膣だが、相変わらず最高級の締め付けだった。どろりと濡れた熱い膣内に肉棒が飲み込まれ、細かい膣襞が執拗に舐め回してくる。

「あ、うぁ……教授の……おちんちん、すごく熱い……ですっ、はぁっ、はぁっ、んんんんっ！」

「リリアンヌ姫、そんなに深く入れたら……くぅぅっ！」

「いいえ、まだそんなに入っていない、ですっ……もっと、入りますから……はぁっ、はぁっ、んんんっ！」

戸惑った振りをしていると、リリアンヌのほうから腰を落としてさらにチンポを飲み込んでくる。パウラとはまた違った導入に、期待感が自然と増してしまう。半分ほどチンポがねじこまれたところで一旦動きが止まり、リリアンヌは大きく息を吐く。温かい吐息が首筋にかかると、そのくすぐったさに思わず身震いしてしまった。その瞬間、リリアンヌは背中を反らして悲鳴を上げ、一気に根元までチンポを飲み込んだ。

「私が動きますから……私に、やらせて下さい。んっ、んっ、はぁっ、はぁっ……」

「しかし、それではあまりにお辛いのではありませんか？」

「違うんですっ、その……教授に動かれると、犯されているときのことを……思い出して、しまうので……。犯されるのは……どうしても、んっ、んんんっ！」

顔を真っ赤にしながら小さく身を震わせ、今にも泣き出しそうになるリリアンヌ。それだけ、俺に犯されることは彼女にとって辛い記憶であり、同時に身体が熱くなってしまうということか。トレイトルが彼女の心に傷跡を残していることを吐露され、無性に嬉しくなってしまう。

「分かりました。ここは姫にお任せしますので、私を存分に利用して下さい」

「ありがとう……ございます。んっ、はぁっ、はぁっ……教授、それでは参りますっ！」

ゆっくりとした動き出しだったが、こうして受け手に回ると感じ方が大きく変わる。自分とは違うタイミングの快感の波に、思わず声を漏らしそうになった。

「ふぁ、んっ、はぁっ……教授、辛くありませんか？ んっ、んぁっ、ふぁ、あっ、あんっ、んんんっ」

「いえ、そんなことはありませんよ。んっ、んくっ！」

「ですが、さっきから辛そうに……眉をひそめて、んっ、はぁっ、んくぅっ……」

「いえ、これは気持ち良すぎるのを我慢しているだけですので……」

まったく、こんな状況でも相手を気遣うとは、さすがはリリアンヌというところか。

「んっ、んぁっ、くふぅっ……教授も、んんっ、私に挿入して、気持ちいいんですね……んっ、んぁっ、んくぅぅっ！」

彼女の頬がさらに赤くなったかと思うと、急に締め付けが強くなった。羞恥心《しゅうちしん》を煽るとマンコの具合が良くなるのは相変わらずだな。

「あっ、だめですっ……また、お腹が疼いて……ふぁ、んぁっ、あっ、あんっ、んんんっ！ 教授の匂いがこんなに近くで……ふぁ、んっ、くふぅっ……」

「すみません、一応風呂には入っているはずなのですが、匂いますか？」

「嫌な匂いではないんです……でも、自然とあの男のことを思い出してしまって……はぁっ、はぁっ……いやな、記憶しかないのに、身体が勝手に疼きを覚えて、堪えきれなくなるんです……んぁっ、あっ、あぁぁ……」

リリアンヌは困ったような顔をしながらも、俺を潤んだ瞳で見つめてきた。それが悩ましげに俺を誘っているようでもあり、淫乱になった彼女にこのまま誘惑されてしまいたいという気持ちが持ち上がってくる。

「それはお辛いことでしょう……んっ、ぐっ、くぅぅっ！　姫の中は、とても熱くて、気持ちいいです」

「はぅ……うぅぅ、恥ずかしいです、そんなこと言われると……んんんっ！　でも、私のほうがよほど……ふぁ、んぁっ、あぁんっ！」

悩ましげな声を漏らしつつ、リリアンヌはさらに俺に身を寄せてくる。そして吐息を吐きかけながら、腰の動きを早めてきた。

「んぁっ、あっ、はふっ、あふっ、ひぅんっ！　早くなって……おまんこの中、かき回されてますっ、ふぁっ、んぁっ、んぁぁぁぁぁっ！」

リリアンヌは俺から視線を外し、快楽に身を委ねていく。意識が朦朧としているのか、自分で何を口走っているのか理解できていないらしい。思わず聞こえてきた彼女の言葉に、一気に興奮が高まった。

「あっ、あふっ、ふぁっ、んぁっ、ひぅんっ！　教授の、おちんちんが……私の中で跳ねてっ、はっ、はっ、ふぁっ、んぅぅぅっ！　腰がっ、抜けてしまいそうですっ！　あんっ、あぁっ、んぁぁぁぁっ！　もっと深くまでかき回して下さいっ！　そうしないと、疼きが解消されませんっ！」

ブラ越しにふくよかな乳房を俺に押し付けながら、必死に腰を上下させて抽送を繰り返すリリアンヌ。彼女がここまで乱れるほど性欲に囚われるようになったことに達成感があった。

「あっ、あっ、あんっ、んっ、んぅぅぅっ！　この程度じゃ足りないんですっ、はっ、んっ、ひぁぁっ！」

何かに気づいたのか、彼女の動きが大きく変わった。上下の単調な運動だけでなく、腰を左右に振りながらの、彼女にしては大胆な抽送になる。

「ふぁっ、んぁぁぁぁっ！　あっ、あっ、んんんっ！　こ、こんなに、激しく淫らなことをしないと、いけないなんて……ふぁ、んぁっ、あぁぁぁっ！」

「リリアンヌ姫、いけませんっ！　早く、抜いていただかないと……ぐっ、私は、中に出してしまいますっ！」

「はっ、はっ、んんんんっ！　もう少し……もう少しだけ我慢して下さいっ！　まだ、足りないのですっ、はんっ、あんっ、んんんんっ！」

魔素の影響がないぶん火照り具合が悪いのだろう、リリアンヌは悩ましげな顔で必死に腰を振り続ける。こちらとしてはあまりの快感に腰が抜けそうになっており、今すぐにでも射精したい気分だった。いくら日頃パウラを抱いているとはいえ、それでもこの肉悦には長く耐え切れそうにない。

「あっ、あっ、あんっ、はんっ、んくぅぅっ！　教授のおちんちんが奥に当たって……はっ、はんっ、んぁぁぁっ！　身体が熱いですっ、止められないんですっ！　はぁっ、はぁっ、教授っ、助けて下さいっ、私っ……このままじゃイケないんですっ！」

「助けてと言われても……くぅっ！　一体どうすれば……ぐぅぅぅっ！」

「はっ、はっ……く、うぅぅっ！　だ、出して……くだ、さい……っ」

「……は？」

耳に届いてはいたものの、俺は思わず聞き返していた。リリアンヌが、自ら中出しを要求してくるだと？

「中にっ……私の中に出して下さいっ！　私、もうっ……そうされないと収まらないんですっ！　お願い、お願いですっ……うぁ、あ、あぁぁ……っ！」

今にも泣きだしそうな顔でリリアンヌは懇願してくる。いや、もはや声は泣いているも同然だ。顔はさらに赤くなり、羞恥と快感に満ちた表情が俺の獣欲をそそる。これ以上我慢していたら、それこそ彼女を押し倒してしまいそうだ。

だが、そんなことをしたら紳士の仮面がはがれて今までの苦労が水の泡だ。下手な理性と素直な欲望が俺の中で渦巻き、吐きそうになる。

「分かりました……リリアンヌ姫、私を導いて下さい！」

リリアンヌは大きくうなずくと、俺の首筋に噛みつきそうなほど顔を密着させ、さらに激しく腰を振り乱した。

「ぐっ、ぐぅぅぅぅぅっ！　姫、出しますっ！　うぁぁぁぁぁぁっ！」

「出して……下さいっ！　あっ、あっ、んぁっ、んんんんっ！　イクっ、イキますっ！ふぁっ、あぁぁぁぁぁぁっ！」

びゅるっ、びゅるるるるるっ！

リリアンヌの腰を引き寄せ、密着したまま彼女の中に精を解き放つ。若返ったときと比べれば随分と量は少ないものの、この姿のまま彼女の中へと射精した充実感が俺の胸の内を満たしていた。

「はっ、はっ、はぁっ、はぁっ、んぁ……っ、熱いのが……私の、中に……」

「姫、申し訳……ありません、やはり、あなたの中に欲望を吐き出すなど……んっ」

俺の口が彼女の手に塞がれる。それ以上は言うなという意思表示と捉え、俺はそのまま口をつぐむ。俺と彼女は、そのまましばらくの間無言で寄り添うのだった。

息を整え着衣を身につけたものの、なかなかに気まずい空気が流れていた。

「教授、今回は大変助かりました。そして、巻き添えにしてしまい申し訳ありませんでした」

「いえ、相手が私などで申し訳ありません」

「そんなことは……。むしろ、下手に若い人でなくて良かったと思います」

そう言われると、俺には脈なしと言われているようで少し傷つく。もっとも、彼女がこんなことで俺にほだされるとも思ってはいないが……。

「教授、このことは内密にお願いします。できれば、他の姫にも……」

「もちろんです。下手に勘ぐられても困りますが、あまり説明して回ることでもないでしょう」

「あの、もしかして教授は、他の……」

途中まで何かいいかけようとして、リリアンヌはぐっと言葉を飲み込んだ。

「いえ、なんでもありません。それでは教授、これで失礼します」

「はい、お疲れ様でした」

そんな言葉が似つかわしいのか分からないが、とりあえずそう返す。リリアンヌは再び顔を真っ赤にし、一礼をして慌てるように去って行った。ここまで快楽に落ちた以上、彼女を籠絡するのはあと一歩というところだな。ならば、次のツヴィンガ攻略で決着をつけるとしよう……。

「やはり、一気に奥まで侵入していたな。ここに来るのも時間の問題か」

今日、ツヴィンガに向かうと進捗報告してきたリリアンヌの瞳には強い決意が窺えた。おそらくは今回の攻略でゲートまで到達するつもりだろう。それはつまり、俺との決着を望んでいるということでもある。ここより下は最奥、魔王の封印されている部屋に通じている。となれば、俺を倒さずには下に行けないと考えているはずだ。俺もそれを想定して、このゲート前に仕込みを行っている。小手先の罠ではもはや彼女を止めることはできない。

そして、ここで彼女の心を完全に叩きのめす最後のチャンスでもある。俺の手にある服従の魔水晶をついに使うときがきたわけだ。

階段を、ゆっくりと上がってくる音が聞こえる。俺は静かに、彼女がここまでやってくるのを待った。

「やはり、ここにいましたか。トレイトル」

「ご機嫌よう、剣姫リリアンヌ。最近君がやって来ないので、来るのがいやになったのかと心配したよ」

「そんな心配は無用です。ここまで来て、私が使命を投げ出すなどあり得ませんから」

「そう言ってくれると信じていたよ。いや、実に嬉しいな」

「何度でも言いますが、私はあなたを喜ばせるつもりはありません」

相変わらずの距離感に、どこか安心感を覚えて笑ってしまう。それが気に入らなかったのか、リリアンヌの眉がつり上がった。

「トレイトル、今日こそ決着をつけましょう！」

「ああ、そうだな。今日こそ、この戦いに決着をつけよう。そして今日こそ、君を俺のモノにする！」

「戯言を！　覚悟なさい！」

リリアンヌの瞳が淡く輝く。いきなり本気を出してきたか！　猛スピードで接近してくる剣姫の前にシールドを張り、すぐに一歩引く。彼女はシールドを迂回することなく真正面から切り払ってきた。

「ふっ、さすがにこの程度では防ぎ切れないか」

もちろんシールドは陽動にすぎない。剣を振り下ろしたタイミングにあわせて無数の魔法弾を放ち、彼女の体力を削りにかかる。

「くぅっ！　あなたも、ひと筋縄ではいかないようですね」

魔法弾が直撃しているというのに、剣姫は構わず突っ込んでくる。今度は下段からの鋭い切り上げに、肩口がわずかに切っ先をかすめた。

前回よりもさらにスピードが増している……。先日図書室で一回抜いたおかげで、魔素による暴走が収まったか。油断していると本当にやられかねないな。

「はっ、せやっ！　トレイトル、あなたの野望もここまでです！」

「ぐっ、くぅっ！　その台詞、そっくりそのまま返してやろう！　君の望みは今日、ここで断たれるのだ！」

　何度も繰り返される攻防で、お互いに体力を削られていく。一瞬でも間違えれば致命打になる一撃を繰り出されながらの戦いは、さすがに長くは持たない。

「はぁっ、はぁっ……そろそろ、お互いに身体が温まってきたな」

「はぁっ、はぁっ……そうですね。ではこれであなたとの戦いを終わりにしましょう」

お互いに肩で息をしながら少し距離を取り見つめあう。彼女と戦うのはこれで最後かと思うと少し感慨深い。だが、ここでしくじれば俺の命はない……。

「来い、剣姫リリアンヌ！　君の最強を受け止め、君の心を打ち砕く！」

「その妄言をこれで最後にして差し上げます！」

　リリアンヌの瞳がさらに輝き、彼女の周りの空気が渦を巻き始めたように見える。おそらくは、魔素を最大限に吸収しようとしているのだ。魔素を一気に吸い込めば、反動で戦闘不能になるのは目に見えている。それだけ、彼女がこの一撃に全てを賭けているということだ。

「我が一撃を以て魔を切り裂け！　リュミエール・ペネトラン！」

「この一撃を防ぎ切る！」

　俺は真正面にシールドを四枚に張り、さらにこの部屋に仕込んだ魔法陣を発動させる。起動した魔法陣はさらにシールドを張り、合計八枚のシールドが彼女の前に立ち塞がる。彼女の動きを止めるのではなく、真正面からの防御で防ぎ切ることは、彼女に完全敗北の四文字を与える必須事項だ。

ギギギギ……パリン！　ギギギギ……パリン！

奥義の一撃でシールドが悲鳴を上げ、一枚、また一枚と割られていく。だが、そのたびに威力は減じていき、ついに七枚目が割られたところで魔剣は光を失った。

「そん……な……！」

「この勝負、俺の勝ちだな！」

青ざめた顔の彼女に素早く接近し腹に拳を打ち込む。その衝撃でうめき声を漏らしたリリアンヌは、ダインスレイブを取り落とした。即座に彼女を蹴り飛ばし剣から離す。地面を何度も転がったリリアンヌは、仰向け倒れたまま起き上がってこなかった。

「いい加減分かっただろう？　君は俺に勝てない」

俺はゆっくりと彼女に近付き、言葉を投げかけていく。リリアンヌは後ずさろうと足を動かすものの、満足に力を入れられないのか上滑りするばかりだ。手足を投げ出したまま動けない彼女に、俺は恐怖を倍増させるためにゆっくりと覆い被さった。

「く……また、私を犯して楽しむつもりですか」

リリアンヌは悔しげに声を漏らすものの、その身は小刻みに震えている。ほぼ心が折れかけているのは目に見えていて、可哀想とすら思えてくる。

「もちろんそのつもりだが、君の役目はここで終わりだ。ここまでダインスレイブを持ってきてくれてありがとう」

「何を言っているのですか？……ま、まさか、あなたの目的は私にここまでヴィオーレを運ばせること？」

「気づくのが遅すぎたな、剣姫。ヴィオーレは魔物が持つにはあまりに禍々しい対魔決戦兵器だからな。そして、再封印にも封印を解くにもヴィオーレが必要。となれば、これはすぐに分かったことじゃないのか？」

　本来はベルナールがそれに気づいて語るべきことだが、本人が裏切り者なのだからそんなことを教えるわけがない。リリアンヌの唇が青ざめ、ぶるぶると震え始める。

「そん、な……では、私は今まで一体何を……」

「ここまでヴィオーレを運ぶために、鍛錬を重ねてきたということだな。最初にツヴィンガに来たときは、君は中層に長くとどまることすらできなかっただろう」

「私を犯し、魔素を吸収させながら戦うことで、徐々に耐性をつけさせたと……？　う、うぁ、あぁぁぁぁっ！」

「最強の一撃さえ防がれた今、君は俺を倒す術を持たない。そして、君の役目がここで終わるということは……どういうことか分かるな？」

　今まで、犯したあとに解放されることが異常だったのだ。解放されることに慣れてしまった彼女にとって、ここでダインスレイブを回収できないまま帰還できないということは、人類の敗北を意味する。さあ、絶望しろ、剣姫リリアンヌ！

「あ、あぁぁ……そん、な……うぁ、うぅぅ……っ！」

剣姫は小さくいやいやをしながらまた後ずさろうとする。だが、俺が軽く身体を押さえただけで押しとどめられる程度の弱さだ。

「では、約束どおり、君を俺のモノにするとしようか」

俺は懐から契約の魔水晶を取り出す。血のように赤い、飴玉程度の球体に彼女の視線が注がれる。

「それは一体……？」

「契約の魔水晶。これを埋め込み契約が完了すれば、君は俺に隷属することになる」

「な……っ⁉　そんな契約、誰がするものですか！」

リリアンヌは必死に逃げようと四肢に力を入れるが、その動きは亀が歩くよりも遅い。むしろ、下手に動いただけで熱いため息が漏れ、秘裂から愛液が垂れ落ちてきた。

「今更逃げられると思っているのか？　むしろ、無駄な抵抗をしたほうが身体に響いて苦しむことになるぞ？」

「例えこの身が打ち砕かれようと、魔王の手先に成り下がるわけにはいきません！」

「べつに、魔王の手先になるわけじゃないぞ。俺のモノになるだけだ。これを子宮まで押し込めば契約完了だ。さあ、いくぞ」

そう言いながら、契約の魔水晶を秘裂に押し当てた。

「ひっ⁉　い、いや……奥に、入ってくる……だめ、それ以上は……んっ、んんっ、んんんんっ！」

彼女の膣は魔水晶と指に吸い付き、愛液を塗りたくりながら奥へ奥へと飲み込んでいく。

しばらくして指が入りきらなくなると、俺はゆっくりと指を引き抜いた。

「さて、あとは俺のチンポで押し込むとしよう」

「いや……いやですっ……契約なんて……くぅぅぅっ！」

リリアンヌは泣きながら怯えるが、その顔がさらに俺を滾らせる。その怯えをさらに加速させるために、俺はいきり立った肉棒を乱暴に押し込んだ。

「う、く……うぅぅぅっ！　入って、こないで……んっ、んぁっ、んんんっ！」

「相変わらずいい締め付けじゃないか。ここしばらく俺に犯されなくて辛かったんじゃないか？」

「あなたに何が分かるのですか！　ぐっ、んぁっ、んっ、くっ、ふぁっ、んんんっ！」

「なんだ、そんなに反応されるとは意外だったたな。図星だったか」

みるみるうちに悔しがるリリアンヌの顔が赤くなり、耳まで染まっていく。全てを知っているとはいえ、彼女の恥じる姿を見ると興奮してしまうな。

「それならそれでたっぷり快感を味わわせてやるとしよう。だが、今はそれより先にやることがあるからな」

逃げようとする彼女を押さえ込んだまま、力を込めてチンポをねじこんでいく。挿入が半分を過ぎたところで、鈴口に固いものが触れる感触を覚える。俺はそれを一気に奥まで押し込んだ。

「ぎぅぅぅぅっ！　なっ、そんなに勢いよく突かないで下さいっ……んぁっ、あっ、んんんっ！」

力を込めて押し込む度、リリアンヌの口から苦悶の声が漏れる。やがてチンポが根元まで飲み込まれたが、さらに奥へ押し込もうと身体を押し込んだ。

「はっ、はっ、んんんんっ！　あ、え……なんですか、この水晶は？……いや、あ、あ、あぁぁぁぁっ！」

彼女の中で何か変化が起きたのか、その顔が次第に恐怖に染まっていく。そして、その変化は俺の目に見えるかたちで現れた。彼女の全身が淡く赤く輝き、妖艶な雰囲気に包まれる。

「あ、あぁぁぁぁぁっ！　いやぁぁぁぁぁぁぁぁぁぁぁぁぁぁぁぁぁっ！」

リリアンヌは背中を大きく反らし、チンポが中で暴れるのも構わずのたうち始める。俺は慌てて彼女の両腕を押さえつけ、自身の存在を刷り込むように抽送を始める。

「契約しろ、リリアンヌ・ロワイエ！　俺の存在をその身に刻み、我がモノとなれ！」

「いやっ、いやですっ！　やめ……やめて……んっ、ぐっ、うぅぅぅぅぅっ！」

リリアンヌの下腹が熱を持ち、密着している俺にも伝わってくる。そして、彼女を包む赤い光は静かに消えていった。

「さて、早速試してみるとしようか。リリアンヌ、マンコと言ってみろ」

「誰がおまんこなどと口にするものですか。あなたの言いなりになどならな……えっ？」

「言ったな？　自らの口でマンコと口にしただろう？」

「い、今のは言葉のあやです！　それに、私はあなたに服従したつもりはありませんよ！」

「だったら、もう少し試してみようか。リリアンヌ、自分から腰を振れ」

「そんなこと、言われたところでするわけが……あ、く、くぅぅぅっ！」

リリアンヌは自分の意識とは正反対に、自ら腰を動かし始めた。とはいえ、疲弊しきった身体では激しく動けるはずもなく、ゆっくりと小さな動きをするにすぎない。これだけで抜くには到底物足りないレベルのものだが、彼女に自分の立場を理解させるには十分効果があった。

「あ……うぁ、あぁぁぁっ！　うそ、うそですっ！　いやっ、止まって……止まってぇぇっ！　いやっ、やめてっ、そんなはず……くぅぅぅっ！」

「契約完了だ。君はもはや俺に逆らうことはできない。さあ、楽しませてもらうぞ、リリアンヌ」

「うそ、そんな……私が、あなたへの服従を認めるなんて……んぁっ、あっ、あぐっ、はぅっ、ひぅんっ！」

乱暴に膣をかき回すと、彼女の動きと相まって複雑な刺激の波が襲ってくる。リリアンヌも強く感じて大きな喘ぎ声が漏れた。

「俺は君の意識を完全に掌握するつもりはない。反発されて壊れられても困るからな。だが、所有物にはなってもらう。ようやく君を手に入れることができた。実に気分がいい」

「う、く……いや、こんな男の所有物になるなんて……私には、使命が、責務が……んぁっ、あっ、あんっ、はんっ、んんんっ！」

「リリアンヌ、君のマンコは実に気持ちがいいぞ？　そら、もっと卑猥な言葉を言ってみろ」

「い、いやですっ……おちんちんにおまんこをかき回されて、気持ちよすぎておかしくなりそうだなんて……んぁっ、ふぁっ、くぅんっ！」

「本当は気づいていたんだろう？　犯されて気持ちよくなっていき、クセになっていく自分に。正直に言ってみろ」

「う、ぐぅぅぅっ！　そ、そうです……っ、犯されるだなんて屈辱を受けながら身体が悦びを覚えていくことに……ずっと、怯えていました……」

リリアンヌは悔しそうに眉をひそめ、顔を真っ赤にして抵抗しようとしながらも、言葉を紡いでいく。

「次第に……んくっ、変身するたびに、おまんこが疼くようになって……このままではいけないと、あなたを打ち倒して、呪縛から逃れようとしていたのに……ふぁっ！　や、やめてっ、それ以上かき回して気持ちよくしないで下さいっ！　おまんこの奥っ、激しく突かれると頭の中が弾けるんですっ！」

リリアンヌは堰を切ったように想いを吐露しながら喘ぐ。彼女が堕ちた事実を実感しながら、さらに快楽を求めてチンポを突き立てる。

「ひっ、ひぅっ、ひぅんっ！　そんなに擦らないで下さいっ！　気持ちよすぎてっ、腰が抜けてっ、抵抗できなくなってしまいますっ！」

「ははははっ！　そんなことを考えていたのか。まったく……必死に否定しておきながら、頭の中ではそんないやらしいことを考えていたとはな」

「う、く、ぐぅぅっ！　恥ずかしくて死にそう……これ以上、んっ、んぁっ、はんっ、んんっ……辱めないで……んんっ！」

「おっと、先に言っておくが、自害など認めないからな？　ここまで潜っておきながらその可能性はないかもしれないがな」

プライドの高い彼女のことだ、自分が魔王を封印できないと知ればこれ以上屈辱に耐えられないと舌を噛むかもしれない。そんなことをされたら、せっかく手に入れたリリアンヌを失うことになってしまう。

「う、くぅぅぅぅっ！　それさえも、許されないのですか……んぁっ、あっ、はんっ、ぁんっ、あぁぁぁんっ！」

俺は前のめりになって彼女と密着しながら、その心と身体を俺色に染め上げていく。至高とも言える存在をこの手にした征服欲に、俺の欲望はさらに膨らんでいた。

「リリアンヌ、君はキスを嫌がっていたな？　ならば君のほうからキスをさせようか。舌を出して激しく愛し合おうじゃないか」

「な……っ!?　戯れにもほどがあります！　絶対にいやですっ、いや……あ、んぁっ、だめっ、ちゅっ、ちゅぷっ……んっ、いや、ぁ……っ、れるっ、ちゅっ、ちゅぷっ、ちゅっ」

近づけた俺の顔に、彼女のほうから顔を近づけキスを交わす。触れた唇は熱く柔らかく、それでいて押し付けてこない上品なキスだった。少し開いた口から舌が恐る恐る伸ばされ、俺が応えるように舌を絡ませた。

「んぁっ、ふぁぁぁぁっ！　や、ひぃ……っ、んぁっ、んっ、ちゅっ、れるっ、ちゅぷっ、れるるっ」

「舌を絡ませあうのは、姫様には刺激が強すぎたかな？　一気にマンコの締め付けが強くなったじゃないか」

「はぁっ、はぁっ……あなたは、酷い人です。こんな卑猥な行為を私からさせるなんて……んぁっ、あっ、ちゅっ、ちゅむっ、れるっ、れろろっ」

顔を真っ赤にして俺を睨み付けながらも、自ら言葉を奪うように俺に唇を重ね、舌を絡める。唾液を交換しながらリリアンヌの舌を舐め回すと、それだけでも強く感じるのか、膣が脈動するように締め付けてきた。

「はっ、はっ、ひぅんっ！　今にも……イキそうなくらいっ……身体が熱くなっていますっ！　れろっ、ちゅむっ、れろっ、れるるっ……舌を絡めながらのキスが……恥ずかしいのに、おまんこに響いて……ふぁっ、んぁっ、あぁぁぁぁっ！」

羞恥に顔を染めながら、涙を流しながら内心を吐露し続けるリリアンヌ。さらに腰も艶めかしくくねらせ、快楽を自ら貪っていく。

「今にもイキそうなんですっ！　いやなのに、イカされたくないのにっ、気持ち良すぎて……あふっ、あっ、んぁっ、あんっ、あぁんっ！」

「そろそろ限界だろう？　たっぷりと俺の精液を流し込んでやる」

「だめっ、中はだめですっ！　おまんこの中に射精されたら私っ……またイッてしまいますっ！　いや、いやぁっ！　出さないでっ……はんっ、あんっ、れるっ、ちゅっ、ちゅぷるっ！」

リリアンヌは必死に嫌がりながらも、快楽を貪ろうとするかのようにキスを続けた。密着した肌から伝わる熱はさらに熱くなり、小刻みに震える振動も彼女が限界に近いことを伝えてくる。俺も滾った欲望を吐き出すべく、抽送を加速させた。

「んむっ、ちゅるっ、ちゅぷっ、んっ、んくぅぅぅっ！　イクっ、イッてしまいますっ！

許して……いや、いやっ、いやぁっ、いやぁぁぁぁぁぁっ！」

ごぷっ、どぴゅるるるるるるっ！

「わぁぁぁぁぁっ！　あっ、あっ、んぁぁぁぁぁぁぁぁぁぁっ！」

俺の射精にリリアンヌは再び大きく背中を反らし、目を見開いて泣き叫ぶ。全身に力が入って硬直したまま、俺のチンポから精液を一滴残らず搾り取ろうとするかのように膣肉を締め上げてきた。

「ぐぅぅぅぅぅっ！　今までで一番いいじゃないか。そら、もっとくれてやる。子宮の中まで俺の精液を満たすがいい！」

「いやっ、いやですっ！　そんな奥まで精液をっ、うぁっ、あっ、ひぁぁぁぁぁぁぁっ！」

「君は俺の射精を受ければイク身体になったんだよ。命令するまでもない、君はもう俺とのセックスには抗えないのだ！」

「そんな、そんなぁぁぁっ！　ふぁっ、あっ、んぁぁぁっ！　許してっ、許して下さいっ、もうイキたくないっ、穢さないでぇぇぇぇっ！」

「穢れろリリアンヌ！　君はもう、俺からは逃れられない！」

「いやっ、いや……っ、あっ、あっ、んぁっ、ふぁっ、はぁぁぁぁぁぁっ！」

最後の精液を放つと同時に、俺は勢いよくチンポを引き抜く。そのまま吐き出された精液は、リリアンヌの身体にぶちまけられ、柔肌を白く彩った。

「ひぃ、はぁっ、ふぁぁ……っ、だめ……最後まで抗えなかった……私は、もう……う、うぁ、うぅぅ……」

ぐったりと床に倒れたまま、涙を流すリリアンヌ。俺は荒い息をつきながら、本当に彼女を手に入れたことを実感した。

「これで分かっただろう？　もう君は、俺に逆らうことはできない」

「う、く、うぅぅ……っ、私は……人々を裏切る存在に……そん、な……」

「なに、そこまで落ち込むことはないさ。君の自由を完全に奪うつもりもないし、このまま外に戻ってもらおう。時がくるまで、ツヴィンガの外では今までどおりの生活を続けろ」

他の姫も籠絡するまでは、彼女が俺の手に堕ちたことを表向きにも知られてはいけない。そのための時間稼ぎだ。

「言っておくが、君が俺の支配下に入ったことは他言無用だ。どんな伝え方をしてもいけない」

「んっ、はぁっ、んくっ……私を、このまま帰す……というのですか？」

「そうだ。帰って報告でもなんでもするがいい。ただ、さっき言った内容だけは厳守だ」

俺の意図が理解できないのか、リリアンヌは倒れたまま怪訝《けげん》そうに眉をひそめる。そんな彼女に背を向け、俺はこの場をあとにした。

第五章　最奥　高望みの果て

その後、俺はエリーゼ、フィオレ、セレスティアの三人にも魔水晶を埋め込み、俺の支配下に置くことに成功した。彼女達は自分が俺のモノになったことを互いの間でも情報交換することができず、悶々としているはずだ。

これで、魔王の目的はこれで達成されるわけだ……俺もあの若さを制限なく保つことができるようになる。まさに、俺の時代がやってきたと言っても過言じゃないだろう。

「ベルリール様、どうされたのですか？　そんなに顔を歪めて、悪いものでも口にされたのですか？」

「そんなふうに見えたのなら、お前の目がどうかしている。俺は今、満足感に笑みを堪えきれなくなっているんだ」

「それは失礼いたしました。四人の若い女を手に入れて、さぞかし満足なことでしょう」

「そうだな……これで、永遠の若さも手に入れられるんだからな」

だが、ここまである意味トントン拍子できてしまうと、つい欲が出てしまうのが人間の業というものだ。

「パウラ、ひとつ確認しておきたい。お前は俺と魔王、どちらに仕えているんだ？　いや、もっと正しく言えば、お前はどちらのものだ？」

「それはもちろんベルナール様の所有物です。契約をする際にお話したかと思いますが」

「そうか、そうだったな。すまん、変なことを聞いた」

「ベルナール様が変なのは今に始まったことではありませんが、強欲は罪ではありません」

「……そうか」

「罪となるのは弱さではないかと。もっとも、ベルナール様の所有物であるパウラにとって、ベルナール様がアリよりも弱くても構いませんが」

「アリと比べられても嬉しくはないが……まあ、額面どおり受け取っておくとしよう」

さて、今日はそろそろ寝るか……明日が楽しみだな。


「ここが最奥……封印の間」

下層に辿り着いたリリアンヌは、今までと同じようにゲートを開き転送門へと足を踏み入れる。その先に待っていたのは大きな広間だった。中心部に黒く大きな球体が半分ほど埋まっていて、そこから放射状に床がひび割れている。ここからでも感じる魔素の濃さが、あの中心部に魔王が封印されていることを物語っていた。

「四方に入口があるのかと思ったら、ひとつしかないのね」

「セレスティア？」

弓姫の声が聞こえて背後を振り向くと、不機嫌そうな顔の彼女がゲートの前に立っていた。するとその後ろにあるゲートが淡く光を放ち始め、ふたりはその場から一歩下がる。

「……あれ？　ふたりともなんでここにいるの？」

「あ……みなさん……」

続いてエリーゼとフィオレも現れ、最奥の間にヴィオーレ使いが揃う。彼女達の顔は一様に暗く、緊張しているというには雰囲気が違う。リリアンヌは事態が最悪の状況になっていると理解し、悔しさに思わず奥歯をかみしめた。

「ようこそ、ヴィオーレ使いの姫君。同時に、俺の下僕達よ」

「トレイトル！」

「やっぱり、そうなんですね……」

「く……みんな、あいつにアレを仕込まれたんだ」

姫達はそれぞれ納得したように声を漏らす。悔しさを滲ませる者、諦めの境地に達している者などそれぞれだが。なんにせよ、彼女達が俺を傷つけることはできない。

「……これからどうするつもり？」

「魔王を復活させて、このローレンシアを支配するんでしょ？」

「さあ、それはどうかな……。それは、本人に聞くのが一番だな。どうする、魔王？」

俺が姫達に背を向けて中心部に目を向けると、闇がどこからともなく集まってくる。そして、その姿はひとつの形に結実した。

「ようこそ、ヴィオーレの姫君。そしてこの姿を見せるのは初めてじゃな、トレイトル。余が魔王ルシアナよ」

血のように赤い衣装に身を包み、華奢な身体の少女が黒い球体に腰かける。炎が揺らめいているかのように幾筋ものスリットが入ったスカートから、生足が艶めかしく肌を覗かせていた。オレンジがかった長い金髪は床に垂れそうなほど長く、それでいて魔力のせいかわずかに浮いて大きく広がり、彼女の姿を大きく見せつけていた。赤く染まった瞳からは魔素が直接溢れ出しているかのようで、彼女が間違いなく魔王だと確信する。

「魔王……この少女が？」

「ちっこい……」

「ふん、仕方あるまいて。お主達の祖先によって、余の身体の一部はそのヴィオーレに封じられておるからの。身体を小さくして足りない部分を補完しておるのじゃ。おかげで余のばいんばいんの胸も……ほれ、このとおりぺたんこじゃ」

魔王ルシアナは壁にも等しい胸板を軽くなぞりながらつぶやく。以前聞いていた声から若い女性の容姿をしていると想像はしていたが、まさかこんな幼女の姿になっていたとはな。

「なんじゃ、トレイトル。随分と不満そうな顔をしておるではないか。余も封印さえ解ければ、その姫達に負けぬいい体になるぞ？」

「そうか……。それは残念だな」

「そうじゃろう、そうじゃろう。では早速余の封印を解き……うん？ 今なんと言った？」

「残念だ、と言ったんだ。魔王ルシアナ」

和やかな雰囲気さえ醸し出していたルシアナの気配が、急激に冷気を帯び始める。いや、これは威圧感を冷たいと感じているだけか。四人の姫もそれを感じ取ったのか、自然と構えを取っていた。

「トレイトル、まさか貴様……余を裏切って封印する、などというつもりか？」

「えっ⁉ まさか、そんな……」

「どういうこと⁉ トレイトルは魔王の手下じゃなかったの？」

「もちろん手下さ。俺は魔王と契約し、その魔力を借りてヴィオーレ使いと戦う力を手に入れ、そしてお前達を俺のモノにした。その目的は魔王の身体の一部たるヴィオーレをこの場に集め、復活の儀を行い魔王を復活させるためだ」

「……やっぱりそういうことか。でも、さっきの話と噛みあってなくない？」

「そうだな……。俺も最初は魔王の言うとおりにするつもりだった。だが、ここまで人生がうまく転がっていくと、もう少し欲が出るというのが人間だろう？」

「ふむ……ではトレイトル。お主の望みはなんじゃ？」

俺はポケットに手を入れ、中からそれを取り出して見せた。

「それは……余が予備で渡した契約の魔水晶じゃな。それがどうした？」

「なに、これを魔王に使ったらどうなるか、試してみたくなったのさ」

「まさか……魔王の手下が魔王を下僕にしようというんですか⁉」

「うわ、えげつない……」

「どこまでも強欲ね……」

「あなたという人は……女の敵、ですね」

四人の姫から次々と罵倒の言葉が紡がれる。罵倒禁止という命令を出していないのだから当然だが、さすがに一度に言われると少し傷つくな。

「実に酷い言われようだな。だが、考えてみろ。俺が彼女を手に入れれば復活は阻止できる。君達の目的は達成できるんだぞ？」

「それは詭弁です！　ローレンシアの命運をあなたが握るというだけではありませんか！」

「確かにな。だが、俺はべつにこの島の支配者になりたいわけじゃない。現状から少しだけいい思いをしたいだけなんだ」

詭弁も甚だしいということは百も承知だ。こんなバカバカしい話など、普通は通るわけがないのだ。だが、俺はある可能性に賭けていた。

「クッ……ククク……クハハハハハッ！」

「え……？」

「ハハハハッ！　アハッ、アハハハハハハハハッ！　ハヒッ、ヒッ、死ぬっ、死んでしまうっ！　ヒヒヒヒヒッ!?」

「なに？　魔王、壊れたの？」

「魔王様、笑いすぎです。ここで窒息など目も当てられません」

いつの間にか現れたパウラが、ルシアナの背中をさすりはじめる。突然の乱入者に、姫達はあっけにとられていた。

「え、なにあのメイド……？」

「魔王の……手下でしょうか？」

「自己紹介が遅れました。トレイトル様の所有物であり最上の夜のお供、パウラでございます」

「パウラ、ルシアナが落ち着いたらそいつから離れろ」

「かしこまりました」

「ハヒッ、ヒッ、ヒヒヒッ、はぁっ、はぁっ……よい、パウラ……もう大丈夫じゃ……ヒヒヒッ」

「かしこまりました」

カオスな空間となったこの場所も、ようやく笑いが収まってきたルシアナとともに落ち着きを取り戻してくる。パウラは背中をさするのをやめると、ルシアナに一礼して俺の背後へと身を引いた。

「ひぃ……ひぃ……いやすまぬ。あまりのことにツボに入ったわ。余を殺そうとする者は今までに幾度となく見てきたが、余を手籠めにしようと考える奴が現れるとはのう。……気に入ったぞ。構わぬ、その余興に乗ってやるとしよう」

薄い胸を前につき出し、傲慢な態度を見せるルシアナ。賭けのひとつ目はこれでクリアだ。長年の封印で暇を持て余していたルシアナにとって、俺の反逆という余興を受け入れるかどうか。大きな壁のひとつではあったが、状況が揃ってしまった以上、やってみるほうが面白いじゃないか。

「えっと……どういう状況、なのでしょうか？」

「全然わかんない……」

フィオレとエリーゼは状況が飲み込めないのか、ぽかんとしている。

「……トレイトル。私達に、魔王を自分の物にするために力を貸せというつもりですか？」

「さすがは剣姫、察しがいい」

「……約束して。魔王の封印は解かないって。それを守ってくれるなら文句は言わないわ」

「魔王の封印は現状解くつもりはない。未来永劫とまでは約束できないがな。だから、文句を言っても構わないぞ？　それに協力するかどうかは任せよう」

「……ムカツクわね。ほんとに選択肢ないじゃない」

ヴィオーレ使いひとりと戦うのもギリギリだった俺が、ルシアナと戦って勝てる見込みなどあるはずがない。俺が負ければ魔王は復活するとなれば、彼女達は俺に協力する以外にないのだ。

「分かりました。心まであなたに屈したつもりはありませんが、ここは利害が一致したと見なします」

「そう……ですね。どの道抗えないのなら、自分の意志で魔王を打ち倒します」

「はぁ……っ、分かったよ。それに、最初から封印する予定だったんだし、あんまり変わらないよね」

リリアンヌの言葉に続いて、フィオレとエリーゼが言葉を紡ぐ。

「言っておくが、ルシアナを攻撃するついでに俺を巻き添えにするなよ？」

「そこは勝手に避けてよ。ま、巻き添えになるような弱い奴に負けた覚えはないけどね」

やれやれ、随分と変わった声援をしてくれるものだ。改めてルシアナに向き直ると、ルシアナは満足そうな笑みを浮かべていた。

「来るがよい、我が半身を持つ姫、そしてトレイトルよ！」

「いくぞ、魔王ルシアナ！　俺は、お前さえも手に入れる！」

戦いは壮絶を極めた。いくら広間の空間が広いとはいえ、四人のヴィオーレ使いと魔王が対決するにはいささか足りない。そこに俺も加わるとなると、もはや手狭だ。セレスティアが弓で牽制し、リリアンヌとエリーゼが深く切り込む。それを阻止しようと魔王から放たれた触手が襲いかかると、俺とフィオレがそれを寸断した。

「ククク……随分と役割分担ができているではないか。即興のパーティにしてはよくやる」

「自分の得意分野を活かしているだけよ！　でも、あんな奴に守られるなんて癪《しゃく》だけど」

「そういうなセレスティア。あとでたっぷり可愛がってやるから、しっかり仕事しろ」

心底嫌そうな顔をしながら、セレスティアの矢が放たれる。ルシアナはそれをいとも簡単に防いではいるものの、防戦一方だ。

「どうしたトレイトルよ。さっきから攻撃に参加していないではないか？」

「俺はお前の魔力で戦っているからな。相性が悪すぎる。むしろ、対魔族特化の姫に攻撃を任せるのが得策だろう？」

他にも理由があるが、もちろん言わない。もっとも、彼女にはバレているかもしれないが。

「ふん、ならば良かろう。お主の策に乗ってやるとしようか！」

急激に魔王の圧が高くなり、姫達は一斉に距離を取る。即座に俺も反応し、姫達の前に出た。

「お主を失うのはもったいないが仕方あるまい。余興はこれで終わりじゃ。贄よ舞い踊れ、その身と心を我に捧げよ！　ブルローネ・アルターレ！」

魔力それ自身が漆黒の触手のようにうねり、シールドを真正面から突破しようと押し寄せてくる。シールドが悲鳴を上げて割れそうになるが、俺は後先のことなど考えず、魔力を込めていく。

「ククク……いつまでそうやって耐えられるかのう？」

「なに、このシールドもお前の魔力だ、俺が耐えれば耐えるほど、お前が削れる寸法だからな。それに、俺の剣は既にここにある！」

絶大なルシアナの魔力を使い尽くすことなどまず無理だろう。だったら、別の方法で敗北を認めさせればいい。ヴィオーレ使い達が俺の背後から飛び出し、四方に散開する。それを察知したルシアナの顔色がわずかに変わった。

「さて、どうする？　俺への攻撃をやめれば、俺も参加するが？」

「くっ、やりおるなトレイトル！　いいじゃろう、受けてやるわ！」

ヴィオーレの光がさらに強くなり、それぞれの姫がルシアナを狙う。

「我が一撃を以て魔を切り裂け！　リュミエール・ペネトラン！」

「我、霹靂《へきれき》を以て罪を穿つ！　ライトニング・ピアース！」

「我が一撃を以て地に這いつくばれ！　デスポート・ファルファーレン！」

「悪しき者よ、我が咆哮を以てひれ伏せ！　ルッギアーレ・テンペスタ！」

「おおおおおおおおおおおおおおおおっ！」

ドゴォオオオオオオオオッ！

四振りの奥義が同時に放たれ、ルシアナを直撃する。防御魔法を敷いていたとしても、対魔に特化した武器の攻撃を受けるのは今回が初めてのはずだ。勝機があるとすれば、ここしかない。立ち上る煙で姿は見えないが、魔力は今も彼女から流れてくるのを感じる。生きているのは分かっているが、どうなっていることか……。

「くっ……やはり、とどめを刺すには至らなかったようですね」

煙が晴れたそこには、確かにルシアナが立っていた。その髪は床についていた。それはつまり……。

「ク、ククク……やれやれ、降参じゃ。さすがは余の半身を持つ者達よ。数百年の時を超えても、その力には感服するばかりじゃ」

ルシアナは構えていた手を下ろし、封印の間に鎮座している球状の物体に腰掛ける。先程まで感じていた魔力の圧も消え、彼女が敗北を認めたかのように見えた。

「はぁっ、はぁっ……私達は、勝ったのですか？」

「相手は魔王よ？　油断は禁物ね」

「不意打ちの可能性もありますし……」

「ここで致命的な一撃なんて、笑えないもんね」

彼女達はルシアナと初対面なのだから仕方ないか。とはいえ、俺も何度か話しただけで彼女の本質を知っているわけではない。彼女達ほどではないが警戒は解かずにいると、ルシアナは呆れたように鼻で笑った。

「余は魔王じゃぞ？　今更そんな小物じみた手を使わぬ。それに、戦いは十分楽しんだ。あとはトレイトル、お主の好きにするがよい」

「分かった。ここで足踏みしても話が進まないからな。契約させてもらうとしよう」

俺は半分警戒しつつ、ルシアナの元へ向かった。

「トレイトルよ、もっと近付くがよい。べつにお主の首を取ったりはせぬ」

胸を露わにした魔王は、自ら足を広げ、スカートをたくし上げた。

「えっ？　あいつ、パンツ穿いてないの？」

「パンツ？　ああ、べつに穿く必要もあるまいて」

「パウラも最初穿いていなかったのはそのせいか……妙に納得した」

魔王の悪い趣味かと思っていたが、ただの天然だったらしい。

「おっと、そういえば言い忘れておったな。お主を取って食うつもりはないと言ったが、お主の精を食らい尽くす可能性はあるからの」

「どういう意味だ？」

「余は淫魔じゃからの。勢い余ってお主の精を食らいつくしてしまうかもしれぬ。そうならぬよう、せいぜい頑張ることじゃな」

「……はぁ？　これだけの魔力を持つ魔王が淫魔？　ふざけすぎじゃない」

「ふざけてなどおらぬ。そもそも、余が淫魔でなければ、トレイトルにお主らを犯させる

よう命じるわけがなかろう？」

「そういうことだったんですか……。悔しいですが、納得のいく回答ですね」

「お前な……一応は俺に負けたんだぞ？ 姫と井戸端会議するんじゃない」

姫達の気の抜けた会話に、つい呆れてしまう。とはいえこうしていても話は進まない。俺は彼女へと近づき、契約の魔水晶を彼女の膣口へと押し付けた。

「んっ……なるほど、下の口で味わうとこんな感じなのじゃな。自分で咥えたことがないから新鮮じゃのう」

魔王はこれから契約させられるというのに、まるで恐怖する様子はない。こちらとしては緊張しているのに拍子抜けというか、張りあいがないとさえ思ってしまう。だが、押し込もうとしたものの、思わぬ抵抗に遭ってしまった。

「……全然入らないな。口ではあんなことを言っておきながら、身体は抵抗しようとしているじゃないか」

「んん？ そんなはずないが……ふむ。ここ数百年、男を漁っていなかった上に、身体も小さくなったからのう」

「つまり、マンコが固くなってるから入らないと」

「そういうことじゃろうな。参ったのう……姫のようにお主にズボズボやられていれば、余も受け入れるのが楽だったのじゃが……そんなに睨むでない。そもそも、お主達もトレイトルに敗北した身ではないか。むしろ仲間のようなものじゃろ？」

背後で姫達が魔王を睨み付けているのが容易に想像できる。むしろ彼女の煽りに、拳を震わせていそうだ。

「魔王、姫と話し込むんじゃない。それよりこっちをなんとかしろ」

「やれやれ、お主は余に勝ち、これから従属させるのじゃろ？　なのに魔王などとつれない言い方をするでない」

「ルシアナ、と呼べばいいのか？」

「うむ、それでよい。余がお主の下僕となれば、魔王ですらなくなるからのう」

そう言いながら、ルシアナは自ら腰を揺らしてマンコを魔水晶に押し付けてくる。次第に秘裂から透明な汁が溢れ出し、魔水晶を濡らし始めた。俺は魔水晶から手を離すと、いきり立ったチンポを彼女の膣に押し込んだ。

「ぐっ、うぅぅぅぅっ！　やはりまだ中はきついな……」

「んっ、んぅぅぅぅぅっ！　くくく……これじゃ、このマンコを押し開いてくる雄々しい肉の感触……たまらんのう。もっとじゃ、姫達を喘がせてきたチンポを奥まで味わわせるのじゃ……んっ、んっ、んんんっ」

「それを決めるのは俺だ。勝手に話を進めるんじゃない」

そう言いながらも、俺はきつく閉じた膣内を力任せに押し開き、チンポをねじ込んでいく。

「んっ、んくっ、ふふ……そうじゃな、お主の好きにするがよい。んっ、はぁっ、ふぁぁっ……やはり、久しぶりの男の肉棒は美味いのう。脈打つ熱を帯びた肉棒が余を支配せんと侵入してくるのは実によい……はふ、あふ、んんっ」

うっとりした目で俺を見つめながら、ルシアナは感想をつぶやき続ける。せっかく勝ったというのに、相手を犯している気分にあまりなれないのはもったいない。とはいえ、人を拒絶するかのようにきつく閉じている膣道をこじ開ける感覚は、随分と久しぶりで燃え上がる。それも、姫のときよりも抵抗がきつく、それだけ俺の嗜虐心《しぎゃくしん》も高まるというものだ。

「まったく……淫魔のくせにマンコの手入れがなってないじゃないか」

「くふふ……すまんのう。こういう展開になるとは考えていなかったからのう」

悪びれる様子もなく、笑みを浮かべながら謝るルシアナに、毒気が抜かれてしまう。こんな状況でも楽しめるというのは、やはり姫達とはまったく違う存在なのだなと感じる。

「支配するだけ支配したら、リリアンヌを抱くほうがましかもしれんな」

ちらりとリリアンヌに目を向けると、嫌悪感を露わにして俺を睨み付けながら一歩引くのが見えた。怒りと怯えを感じさせるその仕草に、思わず股間が反応してしまう。

「ぎぅぅぅぅっ!?　く、くふぅっ……きたな、きたぞ……なるほど、子宮に魔水晶が届くとこんなふうに感じるのじゃな。では、契約を始めようぞ、強欲の契約者トレイトルよ！」

ルシアナがそう叫ぶと同時に、彼女の身体が淡く輝き始めた。

「んっ、んぁ……んんんんっ！　はぁっ、はぁっ、うぅぅぅっ！」

「あれは、契約の光……」

「ぐっ……あの禍々しい光が、私達を……」

背後から、姫達の息を飲む声が聞こえてくる。自らが敗北を認め、俺に服従する契約を施されたときの記憶が甦っているのだろう。あのときに見せた彼女達の苦悶の表情を思い出すと、さらに肉棒が活力を帯びた。

「ひぅぅぅっ！　お主、ここに来てまたチンポが太くなっておるの……ふふ、興奮してそんなに暴れるとは、実に欲深い……」

「この結果を招いたのはお前自身だ。潔く受け取るがいい」

契約を強要するかのように、膣奥まで到達したチンポをさらに押し込む。子宮が胎内で押し上げられ、ルシアナのお腹が僅かに膨らんだ。

「んっ、んぁっ、ふぁぁぁっ！　指先まで快感が神経を通って広がっていくようじゃ……ふぁ、あ、あ、あぁぁぁぁっ」

ルシアナを包み込む赤い光は脈動するように明滅を繰り返す。光が強くなるたびに強く感じるのか、胸を突き出すようにして悩ましい表情を浮かべた。

「んぁっ、あっ、んんんんっ！　はっ、はふっ、んぅぅぅっ！　はぁ、はぁっ……自身にも契約が浸透してくるのじゃな、ふふふ」

「淫魔といいながらも、実はマゾなんじゃないのか？」

「くふふ……余は楽しいことが好きなだけじゃ。サドもマゾもあるものか。んっ、はぁっ、はぁっ……どうやら、契約は成立したようじゃな」

ルシアナを包み込む淡い光はいつの間にかなくなり、頬を赤く染めた彼女だけがその場に残される。だが、これだけでは本当に契約が成立したのか判断がつかない。なにせ、今まで失敗した例を見たことがないからだ。

「ルシアナ、お前はもう俺のモノだ。俺の命を狙うことは許可しない」

「くふふ……そんなもの、敗北を認めた時点でその気はないのじゃが……命令しておくほうが安全じゃろうな」

「まずはお前の身体を楽しませてもらうとするか」

「うむうむ、そうするがよい。余もそれを楽しみにしておったのじゃからな」

ルシアナの余裕の笑みを眺めながら、腰をゆっくりと引いていく。膣内は狭く窮屈ではあるが、いつの間にか中がたっぷりと濡れていて動けなくはなかった。それに、ルシアナの膣内は火傷しそうなくらいに熱くなってきて、それに導かれるように俺の身体も熱を帯びていく。

「さすが魔王というところか。もうマンコの中がびしょびしょじゃないか」

「くふふ……男のチンポは大好物じゃからの。久しぶりとあれば涎《よだれ》も出るというもの……

んっ、くぅぅぅぅっ！　ははは っ、いいぞ、この感覚じゃ！」

ルシアナは笑みを浮かべながら甘い声を漏らし、愉悦に浸る。実際、ルシアナのマンコはもうこなれてきて、細かい収縮と細かい襞の扱きで強い快感を与えてくる。魔素が最も濃い場所にいるとはいえ、ひと突きするたびに肉欲が心臓を叩くように膨れあがった。

「ぐっ、くぅぅぅっ！　さすがは魔王……締め付けも感度も実にいい」

「くふふ……そうじゃろう、そうじゃろう？　そこらの姫には負けるはずもなかろうて」

「べつに、勝ちたくないです……」

「私達は魔王に乗り換えてくれていいわよ？」

「当然じゃな。トレイトルよ、毎日のように余とまぐわおうぞ。んふぅっ……肌を重ね、快楽を貪り、欲望を飲み干すのじゃ」

ルシアナに抽送すればするほど肉欲は加速度的に高まっていき、もっと楽しみたい気持ちと早く吐き出したいという気持ちの板挟みになる。そんなとき、ふと俺の脳裏にいいアイデアが浮かんだ。

「ルシアナ、俺は好きにお前の身体を味わわせてもらう。だが、お前は俺がいいと言うまでイクな」

「んっ、んくっ、くふぅっ……よいぞ、好きに余の身体で楽しむがよい……うん？　ちょっと待て、最後になんと言った？」

蕩けた表情をしていたルシアナが、気づいて俺に視線を向ける。

「俺がいいと言うまでイクな。お前は絶頂禁止だ」

「は？　はぁぁぁぁ⁉　な、なにを言うのじゃ、そんな……それはあまりにも酷すぎぬか？」

今まで余裕の表情だったルシアナが急に眉をひそめ、弱々しい声に変わる。目尻に涙まで浮かべ始め、どんどん弱り目になっていく。

「契約が正しく履行されるかどうか調べるにはちょうどいいだろう？」

「確かにそれはそうじゃが……後生だからそれだけは勘弁してくれぬか？　せっかくの男じゃぞ？　精液をたっぷりと受けてイクのは至高の楽しみなんじゃぞ？」

「だめだな。俺の言葉は絶対なんだろう？　さあ、続きといこうか」

俺は笑みを浮かべたまま、乱暴にルシアナの肉壷を突き上げる。ルシアナの身体は敏感に反応して膣を収縮させ、身体を跳ねさせる。

「ひっ、ひぅっ、ひぅんっ！　ま、待つのじゃ、余を犯すのは構わぬ。だから、絶頂禁止だけは……んぁっ、あっ、あぁぁぁっ！」

「そうそう、そういうのが俺の好みだ。姫達のおかげで、嫌がる女を無理矢理犯すのがたまらなく心地いいことに気づいてな。お前の身体も実にいいが、やはり一度は犯しておかないと気が済まない」

「んぐっ、んぁっ、ふぁぁぁぁぁっ！　はっ、はっ、はひっ……ひっ、ひっ、ひんっ、ひんっ、ひぃぃぃいっ！」

ルシアナを激しく突き上げながら、涙混じりに訴えかけてくる表情を楽しむ。怒り、恐怖、無力感がない交ぜになった女を犯すのはなんと興奮することか。

「やっぱり、あいつはクズね……」

「最低すぎる……ほんと、できることなら今すぐにでもすり潰してやりたい」

背後から罵倒の声が聞こえてくるが、彼女達の悔しさを助長させるためならいくらでも受けてやろう。それが今度彼女達を犯すときの楽しみになるのだから。

「子宮が何度も押し上げられて……ふぁっ、んぁっ、きゅんきゅんくるのじゃぁ……っ！　トレイトルよ、頼む……余もイキたいのじゃ……一緒にイカせてくれ……んぁっ、あっ、はふっ、あふっ、んんんんっ！」

「だめだ。お前にはこのまま耐えてもらう」

抽送は興奮と快感で加速し、肉欲をさらに貪っていく。俺が熱くなればなるほどルシアナの息は荒くなり、涙の量も増えていく。

「トレイトル、頼むっ、お願いじゃ……イカせてくれ……んぐっ、んぁっ、はんっ、あんっ、んんんっ！　これだけマンコの中をかき回されてっ、こんなに気持ちいいのにっ、イケないなど据え膳にもほどがあるのじゃ……んぁぁぁっ！」

「ぐっ、くぅぅぅっ！　そのくせに俺の精液がほしいと身体が言っているぞ？　だった

ら、その望みを叶えてやる！」

「あっ、あっ、あぁぁぁぁっ！　待て、待つのじゃ！　余にもイカせてくれっ、絶頂を味わわせてくれぇぇぇっ！」

ルシアナの哀願を聞きながら腰をさらに振り、快楽を貪っていく。今にもチンポが彼女の中ではち切れそうだ。

「んぁっ、あっ、ふぁぁぁぁっ！　奥っ、奥を激しく突くでない！　あぐっ、ぐっ、んぅぅぅぅっ！　あっ、あっ、んぁぁぁっ！」

どぷっ、ごぷっ、びゅるるるるるるっ！

「あぁぁぁぁぁぁぁぁっ！　中にっ、余の中に精液がぁぁぁぁぁぁぁっ！　いいっ、いぃいいいいっ！　余の膣にっ、奥に熱いのがどんどん吐き出されてぇぇぇっ！」

「ぐぅぅぅぅぅぅっ！　まだまだ出すぞっ！」

射精と同時に頭の中がまっ白になり、浮遊感と解放感に包まれる。と同時に俺はさらにチンポを押し込み、さらに奥で射精を繰り返す。

「はひっ、ひっ、ひぃいいいいいいっ！　これだけ気持ちいいのにっ、まだイケぬっ、いやっ、いやじゃぁぁぁぁぁぁっ！　イカせてくれっ、イカせてくれぇぇぇっ！　こんなのっ、あんまりなのじゃ！　あっ、あっ、あっ、あぁぁぁぁぁぁぁぁっ！」

「はははっ！　いいぞ、もっと泣きわめけ！」

ルシアナの必死の悲鳴が俺の心臓を高鳴らせ、股間を強く刺激する。射精の絶頂感にさらなる興奮が覆い被さり、次の射精を促す。俺は我慢することなく射精を繰り返し、きつく締め付け精液を搾り取ろうとするルシアナのマンコを味わう。

「いやじゃ、こんなにも中に出されておるのに……んぁっ、あっ、イケぬとは！　ひぐっ、トレイトルっ、許してくれっ、イカせてほしいのじゃ！　頼むっ、んぁっ、あっ、あっ、あぁぁ……あぁぁぁぁぁっ！」

最後に長く精液を流し込むと、ゆっくりと緊張を解いていく。全身から湯気が噴き出しそうなほどの熱さを感じながら、涙目になっているルシアナに目を向けた。

「ぐぅ……トレイトル、お主がここまで外道だとは思わなんだぞ」

「心外だな。まさか今まで外道だと思われていたとはな」

「べつにそういうわけではないが……人々の目から見れば、お主の行動は十分外道であろう？」

悔しそうに睨み付けるルシアナは実に魅力的で、俺の嗜虐心をまたかき立ててくる。これはなかなかいいものを手に入れたな。

「そうだな……なにせ、俺に力をくれた本人を従えるなんて、なかなかないだろうからな。これからも楽しませてもらうぞ、ルシアナ」

悔しそうにする元魔王ルシアナに、俺は満面の笑みを浮かべる。これからは、俺の時代が始まるのだ……！

エピローグ　新しい日常

「やれやれ、上手くいったな……。多少暴れる必要があるかとは思ったが、穏便に進んでなによりだ」

「うむ、余も穏便に話が済んで満足じゃ。あやつら、思ったより物分かりがよかったのう」

ルシアナを支配してから一週間——俺はクロワの理事会に赴いていた。ツヴィンガに潜った姫が帰ってこなくなってから、彼らがどれほど不安がっていたかは想像に難くない。事前に書面を送ってから出向いたおかげで、思ったよりスムーズに交渉は終わった。

俺が交渉したのはたった三つだけだ。ひとつはツヴィンガの自治権、次に四人の姫とヴィオーレの所有。そして最後に、ツヴィンガの管理費として予算を納入することだ。見返りとして、魔王の封印は完全には解かず、こちらで管理するというものだ。言ってしまえば、魔王の封印のために場所とその管理費を要求しただけのことだ。管理費として要求した額も、今までのツヴィンガの管理維持予算の半分程度だ。無茶な額を要求しているわけでもなく、お偉方もむしろ拍子抜けしたはずだ。

「理解できません……。あなたは、一体何を望んでいたのですか？」

同行していたリリアンヌは、納得がいかない様子だ。確かに、島を支配できるだけの力がありながら、要求したものはあまりに過小だ。彼女が首をかしげるのも理解できる。とはいえ、俺からすれば欲をかきすぎているくらいだ。永遠の若さを手に入れ四人の姫を支配し、その上魔王までも手に入れたのだから。今でさえ分不相応じゃないかと思っているくらいなのだから。

「そうだな……これからも、俺は姫とルシアナとパウラの六人での生活を続けたい。それが俺の、今の目的だ。それならば、あのくらいの要求で十分だろう？」

「まさか、住居と生活に必要なものを買うための資金……そして権利を主張しただけ、というのですか？」

「そのくらいで十分だろう？　いつまでも戦い続けるのは疲れるからな。このくらいで手打ちにするのがお互いのためだ」

この島の人々を守るために命を賭けていたリリアンヌからすれば、到底理解できるものではないだろう。とはいえ、自分の身を捧げて人々の平穏を手に入れたのであれば納得せざるを得ない。

「さて、そろそろ戻るとするか。今日も一日楽しませてもらうぞ、リリアンヌ」

「くっ……分かり、ました」

悔しげに眉を寄せながらうなずくリリアンヌ。彼女が俺を受け入れられずにいることは、

〝犯せる〟ということだ。このくらいがちょうどいい。

「余のことも忘れるでないぞ、トレイトルよ」

「分かっているさ」

ルシアナも一緒にいたのだ。三人でツヴィンガに向かう中、リリアンヌはひとり立ち止まって振り返る。

「……教授、申し訳ありません」

リリアンヌが小さな声でつぶやくのが聞こえてきた。

ベルナールは死んだ。彼は姫達が帰還しなかった後、理事会で責任を追及されて真偽を確かめにツヴィンガに向かうと宣言したのだ。そしてその後、ベルナールの姿を見た者はいない。それでいい……彼女が真実を知る必要など、ないのだから。


「いや……です……ぐっ、う、うぁ、あぁぁぁぁぁぁっ！」

仰向けになった俺の上にリリアンヌが跨がり、自ら腰を落としてチンポを飲み込む。腰をしっかり落とすと濡れた膣が一気に収縮して肉竿を締め上げ、襞で丹念に舐め回してきた。

「ひぁっ、ふぁっ、うぁぁぁぁっ！　だめっ、そんなに激しく擦らないで下さいっ、ひんっ、ひんっ、ひぃんっ！」

「いやなら自分で動くんだな。君が動き始めるまでは、こっちで腰を使ってやろう」

「く、うぅぅぅっ！　だめ、ですっ、こんなっ、おまんこを扱かれたらっ、ふぁっ、あっ、んぁっ、んんんっ！」

俺が突き上げるたびにリリアンヌは顔を上げ、髪を大きく揺らして絶叫する。下の口からは愛液が絶え間なく溢れ出し、汚らしい音を立てながら俺の股間を濡らした。

「リリ……くっ、んっ、んぁっ、くぅんっ！　や、やめ……指、深く入れすぎぃっ！　おまんこの中がびしょびしょになっちゃうっ！」

「はぁっ、はぁっ、リリアンヌ様の声が嫌らしすぎて……私の身体もどんどん熱くなってきてしまいます……ふぁぁぁっ！」

左右に伸ばした俺の手の上には、セレスティアとフィオレがしゃがんでマンコを押しつけている。乱雑に指をこねくり回すと、ふたりは艶めかしい声を上げながら愛液で手を濡らしていく。

「くっ……みんなのいやらしい声を聞かせるなんて、ほんと非道だよね！」

俺に巨乳を押しつけ乳首を吸われながら、エリーゼが憤慨する。そんな彼女も顔を赤め、内股を擦りあわせてむずがっているのは実に愉快だ。

「非道で結構。むしろ、急に優しくなるほうが怖いと思わないか？」

四人の姫に睨み付けられ、背筋にゾクリと寒気が走る。と同時に興奮でチンポが跳ね、剣姫が悲鳴を上げた。

「ひっ、ひぐっ、うぅぅぅぅっ！　だめっ、んっ、んぁ、んくっ、や、あ、あぁぁぁぁっ！　だめですっ……ふぁ、あぁぁぁっ！」

　俺の命令で自分の胸を揉み、乳首をこねくり回していたリリアンヌが震え上がる。膣の締め付けがさらにきつくなり、彼女の身体が硬直していく。

　俺がリリアンヌのお尻を掴んでひときわ強くチンポを押し込むと、リリアンヌは天を見上げるように振り仰いで絶叫した。それが終わると、今度は全身を弛緩させて俯く。

「はぁっ、ひぃっ、はぁっ、んぁっ……や、や……こんな……抗えない、んぅぅ」

「思った以上に感じていたのか。とはいえ、先にひとりでイクのは感心できないな」

　リリアンヌは図星に羞恥心《しゅうちしん》を煽られたのか、顔を真っ赤にして口をつぐんだ。それでも我慢しきれなくなって、熱い吐息を漏らす。

「はぁっ、はぁっ……う、くぅぅ……っ」

　悔しげに目を伏せながらため息をつくリリアンヌ。他の姫三人は、彼女の声に当てられてさらに火照っているようだ。

　パウラとルシアナはこの場にいない。あいつらがいると凌辱感が減ってしまうからだ。間違いなくあとで文句を言われるが、そのときに相手してやればいい。

「ところで、いつまで休んでいるつもりだ？　また責められたいのか？」

「う……分かりました。今度は、私が奉仕します……だから、んんっ」

リリアンヌは言葉を飲み込みつつ、自ら腰を持ち上げていく。チンポが引き抜かれるときに膣襞が再び密着して肉竿を舐め上げ、快感が背筋を駆け上がってくる。半分ほど引き上げられたところで、再びマンコに飲み込まれた。

「んんんんっ！　はっ、はっ、くぅぅぅっ！　はぁっ、ふぁっ、んぁっ、あぅぅっ！」

お腹に力を入れているのか、踏ん張っている声を漏らしながら抽送は続く。その動きにも少し慣れてきたのか、次第に加速し始めた。

「はっ、はっ、お腹の中で……おちんちんがまた膨らんで……んぁっ、あっ、あぁぁっ！」

「んぁっ、あっ、くぅぅぅんっ！　リリの声を聞いてたら、私まで熱くなって……んっ、んぅぅぅっ！」

「セレスティア、フィオレも胸を揉むんだ。俺の指だけでは物足りないだろう？」

「そんなはしたないこと……でも、だめ…………ふぁ、あ、あぁぁぁぁっ！」

「いやっ、自分で乳首をいじるなんて……や、だめっ、ひぅぅぅっ！　感じちゃうっ、いやっ、あっ、ふぁぁぁぁぁっ！」

フィオレは乳首を指先でこねながら乳房をかき回し、愛液を滴らせていく。セレスティアは胸板を突き出し、乳首を執拗に責めては喘ぎ声とともに大きく身体を動かして悶える。

「エリーゼ、お前もそろそろ辛いだろう？　そうだな、セレスティアと濃厚なキスでもしたらどうだ？」

「は？　誰がそんな……ちょ、ちょっと待って、これ命令なの？」

「くっ、エリ……こっちに顔寄せないでよ。私、キスなんて……んんっ！　ちゅっ、ちゅぷっ、ちゅるっ、れるっ、れろっ、ふぁぁっ」

「わたしだってセレスティアとキスなんて……れろっ、れるっ、ちゅっ、ちゅむっ、んぁっ、なにこれ身体の奥が痺れる……っ！」

ふたりは互いに身を乗りだし、舌を出してキスを繰り返す。唾液の交換をしながらの羞恥プレイに、興奮が高まってきたらしい。

「あぁ……セレスティア、フィオレ、エリーゼ……。お願いです、トレイトルっ……私に何をしても構いませんから……んっ、彼女達を解放して……んぁっ、あっ、ふぁぁぁぁっ！」

「自己犠牲の精神は美しいが、無理な話だ。そういう台詞は全員が言いそうだからな」

気高い姫達は自らの犠牲をいとわない。それ故に穢したくなる。

「子宮を押し上げられるのは気持ちいいだろう？　俺が短小のチンポでなくてよかったな」

そう言いながら、俺は再び腰を突き上げて深くチンポをねじ込んでいく。彼女の抽送に俺の抽送が加わり、快感が一気に倍加して興奮を煽る。剣姫も艶めかしい踊りがさらに加速し、胸をまさぐる手にも力が入った。

「せ、せめてこの手をやめさせて……んぁっ、あっ、んくっ、んっ、くぅぅぅっ！」

「そんなに乳首が感じるのか？　いいじゃないか、自分の性感帯を理解しておくのは悪いことじゃない」

「そんな知識、私には必要ありませんっ！　ひぁっ、ふぁっ、んんんっ！　乳首っ、どんどん固くなって……こりこり、いじるの止まらないっ！」

リリアンヌは悔しそうに眉をひそめるものの、あまりの快感に歯を食いしばることもできずに口を大きく開けて喘ぐ。再び独り言が増えてきて、彼女が追い詰められている様子が窺えた。

「ふぁっ、んぁっ、んぅぅぅっ！　身体が焼けるように熱い……くっ、んっ、んぁっ、ふぁっ、うぅぅっ！」

「おいおい、また奉仕を忘れてるんじゃないのか？　自分が楽しむことに夢中になっては困るな」

「っ!?　わ、私は……そんなはしたない、んぁっ、ことを……ふぁっ、んぁっ、くぅぅぅっ！　奉仕……すればいいのでしょう？　んくっ、はぁっ、はぁっ、んぁっ、あっ、中で擦れてっ、また強く刺激が……うぁぁぁっ！」

リリアンヌが顔を真っ赤に染めながら腰を振ると、快感がまた強くせり上がってくる。彼女もまた強く感じて顔を振り上げ、淫らに上半身を揺らして喘いだ。

美しさと強さを兼ね備えたアルザスの至宝、一の姫が俺の上でこうして性に乱れる姿を晒せば、人々はさぞかし落胆することだろう。とはいえ、それが引き金になって戦乱にな

って も困る。彼らに屈辱感を与えたいわけでもないし、そんなリスクを取るほどの快楽は求めていない。

「あとがつかえているからな、そろそろ締めるとするか」

俺の言葉に反応したのか、リリアンヌのマンコがいっそうきつく締まった。同時に、彼女の身体が小さく撥ねる。

「身体は正直だな。心は嫌がっているようだが、やはり俺の精液を待ち望んでいるらしい」

「うくっ、私も好んで……んっ、達しているわけでは……ふぁっ、あっ、んっ、んくぅっ！　それでも、これは今の私の使命と言い聞かせて……んんっ、いるのです。んぁっ、あっ、ふあっ、あぁぁぁっ！」

「殊勝な心がけだな。そういう生真面目なところは好感が持てる」

「あなたに……んくぅっ！　好かれたところで、んんんっ！　嬉しくないと、んぅぅっ……何度言えば、ふぁっ、あっ、あぁぁぁっ！」

反論しながらもなんとか奉仕しようとする彼女に、俺も腰を打ち上げて応える。リリアンヌの動きがさらに激しくなり、チンポがマンコの中で激しく暴れ回った。

「いやっ、あぁぁぁっ！　そんなに中をかき回さないで下さいっ、ひっ、ひっ、ひぅぅぅっ！」

「お待ちかねの精液だ、たっぷり受け取るがいい！」

「うぁっ、あっ、あぁぁぁっ！　今出されたらっ、あぁっ、うぁっ、うぅぅぅっ！　だめっ、抗えないっ、イキたくないっ、でもっ、我慢できないっ、イクっ、イクっ、ふぁぁぁぁぁぁぁっ！」

びゅるっ、びゅるるるるるるるっ！

「ひぁぁぁぁぁぁぁぁぁっ！　あっ、あぁぁぁぁぁぁぁぁぁぁぁぁぁっ！」

俺のチンポが心臓のように脈打ち、彼女の膣内へと精液を流し込む。絶頂のたびに射精がリリアンヌを押し上げ、嬌声を引き出した。

「やっ、あっ、あぁぁぁぁぁぁぁっ！　またイクっ、イッてしまうっ、あぁぁぁっ、わぁぁぁぁぁっ！」

激しく髪を振り乱しながらイキまくる剣姫の姿に、俺の肉欲がさらにかき立てられる。リリアンヌの絶叫を聞いている三人にも、その快感は伝播していく。

「れるっ、ちゅぷっ、れろろっ……だめっ、私までイッちゃうっ、あっ、あんっ、んぁぁぁぁぁぁぁっ！」

「わたしもっ、ちゅむっ、ちゅぷっ、ちゅっ、れるっ、ふぁぁぁぁぁぁぁっ！」

「あ、あぁぁぁぁっ！　みなさんあんなに気持ちよく……っ！　わたしも、わたしもイッちゃいますっ、ひぁぁぁぁぁぁぁぁっ！」

セレスティアとエリーゼが絶頂し、それに釣られるようにフィオレも大きく背をそらして潮を噴く。淫らに包まれたこの空間で、俺はさらにリリアンヌへと精液を流し込む。

「ひぐっ、ぎぅっ、うぅぅぅぅっ！　お腹っ、苦しいっ……もう、無理ですっ、これ以上はっ、あっ、んぁぁぁぁぁぁっ！」

「ならばこれで最後だ。腰を上げろ！」

「こんな状態からそんなっ……ぐっ、くっ、うぅぅっ、んぁっ、あぁぁぁぁぁぁっ！」

ありったけの力を込めてリリアンヌの身体が持ち上がり、きつくなった膣襞で肉竿を一気に扱き上げる。その快感に流されるまま吐き出された精液は、彼女の背中に降り注いだ。

やがて力なく俺の元に降りてきた剣姫は、荒い息をつきながら肩を落とした。

「ふぁっ、はぁっ、ひぃっ、はぁっ……んくっ、んっ、んぅぅ……っ、また、こんな醜態を……」

「俺にとっては実にいい眺めだったぞ。君がそうやって艶やかになる度、俺の楽しみは尽きないというものだな」

俺の白濁によって穢れた剣姫の姿を見て、また肉欲が湧き上がってくる。

「さて、次はどうするかな」

「あ、う、うぅぅ……っ」

「い、いやぁ……っ」

ぐったりした姫達が、怯えた視線で俺を見つめる。しばらくの間はこんなただれた生活を楽しむとしよう。なにせ、俺の人生は新しく始まったばかりなんだからな……。

あとがき　ａｓｓａｕｌｔ

みなさんこんにちは。日夜変身ヒロインを組み伏せてやんごとないことをしたくて仕方ない変態シナリオライターａｓｓａｕｌｔです。このたびはノベライズ版プリンセスクライシスをご購入いただきありがとうございます。ゲームの方ではリリアンヌ以外のヒロインも同時攻略しつつの展開ですが、ノベライズではリリアンヌに焦点を当てています。リリアンヌが気に入った方、他のキャラが気になる方がいらっしゃいましたら、是非ゲームの方も遊んでみて下さい（宣伝かよ

プリンセスクライシスは、姫様キャラをキャッチ＆リリースする戦闘システム込みのＡＶＧというスタンスで企画が始まったのですが、それだと普通なので、冴えない中年男性が主人公というちょっと変わった味付けをしています。凌辱はがっつりやるけど、時折見せる中年の悲哀を詰め込んでいます。ゲームだとパウラとの夫婦漫才みたいな展開も楽しめます。ちょっとひねた敵キャラ好きなんですよ……性癖ですかね？

そして、この場をお借りして謝辞をば。編集の正木様、校正ありがとうございました。修正多くてすみませんでした……。そしてゲーム版プリンセスクライシスを出していただいたＴｒｉａｎｇｌｅ様、いつもお世話になっております。引き続き頑張ります。友人の田中一郎様、嵩夜あや様、困った時に毎回頼りにさせてもらっています。ありがとうございます。これからも頼ると思うのでよろしくお願いします。

ぷちぱら文庫

プリンセスクライシス

2021年 6月28日　初版第1刷 発行

■著　　者　assault
■イラスト　雨音颯／桐沢しんじ／oekakizuki
瀬之本久史／斎藤なつき／Jambread
■原　　作　Triangle

発行人：久保田裕
発行元：株式会社パラダイム
〒166-0004
東京都杉並区阿佐谷南1-36-4
三幸ビル4A
TEL 03-5306-6921
印刷所：中央精版印刷株式会社

PP0396

既刊案内
あなたがナニをしようと
私は屈したりなどしません!!
魔法戦士
エメロードナイツ
―絆を紡ぐ女神たち―
ぷちぱら文庫 353
著 野山風一郎
画 瀬之本久史
JAMBREAD
斎藤なつき／佐藤匠
原作 Triangle
定価 900円+税
好評発売中！